RABARBA

Müjde ALGANER

RABARBA

Müjde ALGANER

ISBN: 978-625-6067-04-2
© 2024, Müjde ALGANER
© 2024, Y'ol Kurumsal Hizmetler Sanayi ve Ticaret Limited Şirketi
Copyright ©2024 by Müjde ALGANER

Y'OL KURUMSAL HİZMETLER SAN. VE TİC. LTD. ŞTİ.
HASAN MEVSUF SOKAK AYDIN APT. NO:2 K:4
ÇANAKKALE- TURKIYE
0 850 244 17 02
www.yolakademiyayinevi.com

Zübüş'e ve Kamil'e

Müjde Alganer

Ankara'da doğup büyüdü. ODTÜ İşletme'yi bitirdi. Yarı Kıbrıslı. İki çocuğu var, büyüğü Ela Işık, küçüğü Can Demir.

İnsan Kaynakları alanında farklı kurumlarda uzun seneler çalıştı. 2010'da yazmaya başladı. Basılı beş kitabı var. Son iki kitabı Ziziro ve Hakikatler Kulübü, 2019 ve 2022 yıllarında yayımlandı.

İçindekiler

ÖNSÖZ

Gençken, yaşlılık uzak bir gelecek hayaliydi. Her yeni yaşımla birlikte kendime "Dur daha gençsin," desem de artık değişimleri geri dönüşsüz yaşıyorum. Fakat iyi haber, ruhum bedenime yeterince eşlik edemiyor, fikren yaşlanmayı kabul etmiyor. Arzuladığım var olma şekli: Yaşam sevincini kaybetmeden yaş almak, mendebur bir cadaloza dönüşmemek ve ölene kadar yeni fikirler üretebilmek. Her gün bunun için çabalamak iyi geliyor. Zamanın yavaşlamasını sağlıyor ya da ben öyle zannediyorum... En azından umut var!

İntıs, ıntıs, ıntıs...

Mutfağa girdim. Ali masada oturmuş, kulağında kulaklık önündeki tablete bakıyor. Annemse yemek yapıyor.

"Anne çay var mı?"

"Var!"

Havada tatlı bir koku var eğilip annemin ne yaptığına bakıyorum, bütün varlığıyla dolma sardığını anlıyorum.

"Zeytinyağlı mı?"

"Ali etli yemiyor..."

"Ali etli yemiyor, oğlun Serkan ne yiyor?" diyorum, bardağıma demlikten çay alırken.

Annem gözlerini manalı şekilde açıp kapıyor, bana imalı sözlerimden hoşlanmadığını belirten bir bakış fırlatıyor. Başının üzerinde topladığı yarısı kahve yarısı beyaz, uzun süre boya görmemiş saçlarına ve elbisesinin kollarından firar eden tombik kollarına bakıyorum.

"Ablam ne zaman gelecek?"

"Ali akşam bizde kalacak."

"Ablam gelmeyecek."

"Arkadaşlarıyla toplantısı varmış, geç gelecek."

"Versene dolma içinden bir kaşık... anne."

"Uğraştırma şimdi beni."

"Açım yahu!"

"Ali'nin yemediği tostu var, bak masada duruyor."

Ali'nin oturduğu dağınık masaya bakıyorum. Üstünde sağa sola dağılmış renkli kalemler, yarısı portakal suyu dolu bir bardak, iki küçük oyuncak araba, yeni öğrendiği yazısıyla birkaç satırı doldurulmuş çizgili bir defter, büyük bir tabakta kurabiye kırıntıları, yumurta kabukları ve kenarı dişlenmiş bir tost duruyor. Tost, tecavüz edilmiş kenarıyla bana bakıyor. Yutkunuyorum.

Masaya doğru baktığımı hissedince Ali kulaklıklarını çıkarıyor, gözlerini tabletten bana doğru çeviriyor.

"Niye bakıyorsun dayı?"

"Tostunu bana versene..."

"Yicem onu ben!"

Ali kulaklığını takıp aniden masanın altına kaçıyor, çömelerek biraz bekliyor ardından sandalyesine geri oturuyor. Arada bir şeyleri tekrar ederek mırıldanıyor. Tam duyulmuyor "sss" diye başlayan ıslığımsı bir ses ayırt ediliyor ancak. Ali aniden panikle ekrana basıyor ve konuşmaya başlıyor:

"Öğretmenim soruyu duyamadım."

Ekrandan gelen cevabı, kulaklıkla konuştuğu için duyamıyorum.

Ali, "Özür dilerim öğretmenim... ama ben kameradan kaçmadım... kalemim yere düştü," diyor.

"Ne oluyor buna?" diyorum anneme.

Annem sesini alçaltmaya ihtiyaç duymadan konuşmaya başlıyor:

"Öğretmen soru sormasın diye ya kamerayı kapatıyor ya tavana çeviriyor ya da masa altına bir şey düşürüp oraya kaçıyor."

"Niye?"

Annem omuz silkiyor, yeni bir yaprak alıp içine soğanla kavrulmuş pirinç, üzüm, soğan, fıstık bulamacını ustaca yerleştirip kenarlarından kıvırıp hızla rulolar yapmaya devam ediyor. Damaklarım kamaşıyor. Yayılan tarçın kokusu beni benden alıyor.

"El kadar çocuk ne anlasın uzak eğitimden," diyor annem.

"Daha ilk sınıf tabii! Derya Abla'm ne diyor duruma?"

"Ablan işte güçte, çocuğun başında mı duracak? Yok, kalem ver yok defter getir diyor çocuk. Hem evde tek başına nasıl kalsın? Düşün deprem oldu, maazallah!"

"Doğru..."

"Eskiden elinden alırdık tableti, şimdi tablete bak diye yalvarıyoruz. Arada bağlantı mı ne kopuyor ben anlamıyorum bazen giremiyor derslere."

"Girmesin ya boş ver," diyorum çayımı bir dikişte bitirip yenisini koyuyorum, "daha birinci sınıf..."

"Okuma yazmada geri kalacak diye korkuyor ablan. Baksana yazısına nasıl kötü."

"O zaman kendisi ilgilensin... Babası nerede?"

"Bir de soruyor..."

Masaya eğilip Ali'nin defterini inceliyorum. Bir sürü karalamanın ortasında yamrı yumru yazılmış bir kelime var, tıs gibi ya da ın gibi. Ali muzipçe bakıyor bana.

Annem devam ediyor:

"Genelde bağlantı kopmazsa sabahtan akşama kadar iyi kötü dinliyor aralarda sıkılınca kaçıyor ya tuvalete ya da masanın altına... böyle böyle akşamı ediyoruz. Sonra da enerjisini harcayamadığı için evin içinde deli fişek gibi ne yapacağını şaşırıyor... bana bak evdeyken biraz oynasan ya çocukla."

"Geç gelmezsem akşam oynarız... Şimdi işe gitmem lazım, bir krikkrak da mı yok?"

"Oğlanı bırakıp alışverişe çıkamadım," diyor annem, "evi okul ettiler," diye ekliyor dertli dertli.

Çayımı bitirip mutfaktan çıkıyorum, karnım guruldiyor.

"Kaçta gelirsin Serkan? Akşama yersin artık dolmadan," diye annem arkamdan bağırıyor.

"Bilmiyorum," diyorum, yutkunarak.

Gerçekten de bilmiyorum. Açlığın verdiği gerginlikle magazin sayfasında sosyal medya fenomenleri dizisi yapma fikrime küfrediyorum. Pandemi döneminde konu kıtlığından hem tek başıma röportaj yapmayı hem de çekmeyi önerdiğim için kendime lanet okuyorum. Sıra dışı sosyal medya fenomeni kadınlarla görüşme planımı düşünüyorum ve bunlardan ilki olan fetişistlerin gözdesi Muhteşem Ayla'yı. Muhteşem Ayla'yı ne yapsa merakla izleyen, ayaklarına hasta milyon takipçisini. Daha doğrusu ağzından sular akarken kadına kölelik yapmak için deliren fetişist takipçilerini.

Tercihen ince çorapla, yüksek topuklu -tercihen stiletto- ayakkabı giyen bakımlı kadın ayağı yalama arzusunu ve bunun son dönemde duyduğum en inanılmaz ve sandığımdan yaygın bir fantezi olduğunu nasıl yazacağımı düşünüyorum. Muhafazakâr çevrelerin tepkilerini merak ediyorum bir yandan da.

Muhteşem Ayla bu dünyanın kapısında, ayaklarını sevenlerine sunan yani daha ziyade gösteren yeni nesil bir genç kadın. Belki sevgilileri diğer emellerini de gerçekleştiriyor, bilmiyoruz. Bu yüzden eminim ki dikkat çeken bir söyleşi olacak. Sahne ışıklarını seven Muhteşem Ayla röportaj teklifimi uçarak kabul etti. Sosyal medyanın inanılmaz kudretini yaşamayı çok seviyor. Yazıya şöyle bir başlık koysam nasıl olur: Ayaklarınızı yalayabilir miyim? Altında, "Serkan Tarkan, Muhteşem Ayla'yı Caddebostan çimenlerinde konuk etti, Ayla röportaja köpeği Kirpi'yle geldi."

Düşündüklerime kendi kendime gülüyorum.

Ayla ve ayaklarının fotoğrafını çekmeyi planlıyorum bolca. Sorularım da hazır zaten birkaç canlı yayınına katılmışım, fetiş dünyayı ucundan kıyısından tanımışım. Çözemediğim konu röportaj mekânı oluyor malum pandemi nedeniyle. Ayla sağlık nedenleriyle ne gazeteye gelmek istiyor ne de beni evine çağırıyor, açık hava diye tutturuyor. Kafelere, restoranlara gidemeyen İstanbul halkı sahili mesken edinmiş zaten, ben de ona röportaj için deniz kenarını öneriyorum, böylece anlaşıyoruz.

Kafamda Ayla, çekim malzemelerini hazırlamak için salona geçiyorum. Akşam alet edevatı şarja koyduğum yere yöneliyorum. Tripodlar köşede bekliyor. Nixon'u elime alıyorum, kablolarını çıkarıp çantasına koyarken gözüm merceğe takılıyor, 50 mm'de bir tuhaflık var. Daha dikkatli bakınca, çatlamış olduğunu anlıyorum.

"Ama bu bana yapılmaz ki!" diye söylenmeye başlıyorum.

Söylentim hafif çapta bir bağırtıya dönüşüyor. Sesimi duyan annem elleri dolmalı, terliklerini şaplatarak salona geliyor, arkasından elinde tableti ve başında kulaklıklarıyla Ali.

"Kırılmış..." diyorum elimdekini göstererek.

"Allah Allah," diyor annem Ali'ye yan yan bakıyor.

Ali kulaklıklarını çıkarmış bir bana bir anneme bakıyor, "Allah Allah," diyor o da.

"Dün akşam burada zıplarken kırmadın di mi oğlum?" diyor annem, Ali'ye.

Ali, "Dersim başlıyor anane," diyerek içeri kaçıyor. Kaçarken bir şeyler mırıldanıyor ve ben yine ne söylediğini duyamıyorum. Tıslarcasına bir ses çıkıyor ağzından.

Annem bıkkın bezgin, "Koyma sen de ortalığa değerli eşyalarını be oğlum, hangi birinizle ilgileneceğim bilemedim," diyerek arkasını dönüp dolmalarına gidiyor. Havada sarımsak ve domates kokusu var. Dolmaların üstüne sos mu hazırlıyor yoksa? Ama zeytinyağlı dolmaya sos dökülmez ki... Başka bir şey yapıyor olmalı! Daha büyük bir iştahla yutkunuyorum.

Elimde kırık 50 mm, sosyal fenomen Muhteşem Ayla'yı hangi mercekle çekebileceğimi düşünüyorum. Yedek yok ancak işyerine uğrayarak ödünç kamera alabilirim. Saate bakıyorum, henüz buluşmaya çok var. Şimdi git karşıya dön Caddebostan sahile gel... gözümde büyüyor. Fakat mecburum, çatlak mercekle çekim yapamam. Tripoda elimi atıyorum. Kafa kısmı elimde kalıyor.

"Ali, Ali şimdi yedim seni!" diye bağırıyorum.

Annem içeriden sesleniyor.

"Ne oldu Serkan, yine ne oldu?"

Kafayı yerine zor oturtuyorum ve mutfak kapısında durup muhtemel suçluya bakıyorum. Ali ona baktığımı görüyor ve görüş alanımdan çıkmak için ekranın arkasına daha çok sığınıyor. Pür dikkat ders dinliyor güya. Annem dolma tenceresini ateşe koyuyor. Havada başka bir koku daha var. Dayanamayıp soruyorum.

"Ne kokuyor Anne?"

"Muhammara yapıyorum."

Yine yutkunuyorum. Midem tuhaf sesler çıkartıyor.

"Ne oldu yine?" diye bana ters ters bakıyor annem.

"Muhteşem Ayla beni bekliyor ama merceğim kırık, tripodun da kafası gitmiş."

"Kimmiş Ayla?"

"Boş ver!"

"Koymayacaktın ortalığa... dün akşam Ali salonda şarkı söylüyordu ama işim vardı ne yaptığını göremedim," diyor annem. İtiraflar, itiraflar!

Mutfaktan ayrılırken Ali'den anlam veremediğim o tıslama sesi yükseliyor yine.

Dönüp arkama bakıyorum. Başını hızla tabletin arkasına saklıyor.

Alet edevatı yüklenip tam evden çıkacakken midem guruldayarak kendini hatırlatıyor. Kapıdan dönüp mutfağa giriyorum. Ali masada değil, teneffüse girmiş olmalı. Gözlerim masada tırtıklanmış tostu arıyor, yok! Salona gidiyorum Ali tostunu kemiriyor annem televizyonda yemek programı açmış. İkisi de bana korkulu gözlerle bakıyor.

"Ne arıyorsun Serkan?"

"Hiç..."

Eşyaları yüklenip aç karınla asansöre biniyorum. Marmaray'a on dakika yürüsem mi taksiye mi binsem diye düşünürken gözüm aynadaki aksime takılıyor. Yanaklarım çökmüş, gözümün feri kaçmış... açım lan! Muhteşem Ayla ile buluşmadan önce bir şeyler yemeliyim. Tam o sırada gözüme, belime yakın bir hizada asansör kabinine kalın kalemle titrekçe yazılmış bir yazı ilişiyor. Eğilip bakıyorum.

"Intısıntısıntıs" yazıyor ve Ali'nin yazısına benziyor. Köfteyi çakıyorum! Bir türlü duyamadığım ses, işte bu!

"Intıs ıntıs ıntıs" demeye başlıyorum tempolu bir şekilde asansör aynasında saçımı düzeltirken. Doğruca Marmaray'a oradan Yenikapı'daki işyerine geçiyorum. Yedek merceği alıp hızla aynı yoldan geri dönüyorum. Planım Göztepe'de inip sahile yürümek. Elim ağır, taksi iyi olurdu fakat ortalıkta taksi filan yok, midem açlıktan burum burum buruluyor artık. Birkaç küfür patlatıp tabanvaya bağlıyorum.

Tütüncü Mehmet Efendi'den yokuş aşağı vurup dilimde ıntıs ıntıs, ritim tutarak yürüyorum. Belki Ayla gelmeden bir tost patlatırım, yanında da kahve. Yok, yok iki tost. Beş on dilim kaşarlı!

Muhteşem Ayla'yı düşünüyorum yürürken. Bebeksi konuşmaları, saftirik görüntüsüne tezat seksi kıyafetleri ve her daim milletin gözüne soktuğu ayaklarıyla son dönemde zengin tayfasından çatlak bir lolita bence. Erkekler ayaklarına ciddi hasta; yalamak isteyenler, giydiği ayakkabılara fahiş fiyat biçenler, kaçan çoraplarını mastürbasyon yaparken kullanmak için ihale düzenleyip delirenler, salladığı terlik için açık artırma yapanlar, ayağının çukurunu ayakkabısından görmek için yalvaranlar... türlü türlü fetişistin ve onların fantastik düşünün baş nesnesi Ayla. Onca takipçi kendisine sadece popülarite değil aynı zamanda ciddi bir ticari avantaj da sağlıyor olmalı. Sponsor olduğu ıvır zıvır üründen deli gibi para kazanıyor çatlak lolita. Günlük ev hallerini anlattığı saçma sapan canlı yayınlarına en son bin kişi katılmış. Katılımcılar sadece fetişistler değil. Kadınlar, meraklılar, haber camiası, kimler var kimler. Ağızlarının suyu akan oncası kızın kamerayı ayaklarına çevirip terlik sallamasını bekliyor sabırla. Bir de nasıl "cool" hatun... öyle hiçbir sululuğu ciddiye almadan, cevap vermeden devam ediyor ağzı sütlü konuşmalarına: "Ayyy akşam yemek yemedim, bugün de erken kalktım, yüzüme maske yaptım, bilmemne markası maske çok iyi aklınızda olsun, oje sürerken de başıma ne geldi bir bilseniz ayolll..."

Ve ne zaman ki Ayla abidik gubidik konuşmasını bitirip terliğini sallamaya başlıyor, ayağının o tatlı kavisini, o cici bici pembe ojeli, biçimli, fındığımsı parmaklarını ekrandan milletin gözüne sokuyor, efendiler başlıyor ritmik jimnastiğe. Kızın varlığı milletin kamışını çoktan direğe döndürmüş zaten. Ayağın beklenen hareketiyle birlikte... tahmin edileceği üzere. Pandemi döneminde abazalık almış başını gitmiş. Tabii ben yazılanlardan anlıyorum bütün bunları. Millet yaptığı her hareketi anlatıyor her nasılsa. Ulan telefon elinizde banyoda mı yaşıyorsunuz lan ibneler, diyorum farkında olmadan yüksek sesle. Sonra kendi kendime konuştuğumu fark edip gülmeye başlıyorum.

Ritmik deyince aklıma yeniden Ali'den aşırdığım tempo geliyor: Intıs ıntıs ıntıs ıntıs ıntıs ıntıs ıntıs diyorum kafamı aşağı yukarı sallayarak. Böyle böyle bir süre daha yürüyorum elim kolum dolu. Kollarım ağrıyor. Tütüncü Mehmet Efendi'nin neredeyse sonuna gelince saate bakıyorum. Daha erken. Bir bank görüyorum nefeslenmek için oturuyorum. Midemde yaylılar ve nefesliler düette. Lan bir simitçi de mi yok memlekette? Yok tabii. Ah be Ali bir yarım tostu dayına niye çok gördün? Yanımdan geçenler bana bakıyor. Kendimle konuşuyorum ne var bunda? Çünkü açım! Aç! Aç!

Oturduğum yerin karşısında bir kuyruk var. Lan yoksa bir şeyler bedava dağıtılıyor da ben mi bilmiyorum? Sonradan kuyruğun BIM'in önünde olduğunu fark ediyorum. Girip bir bisküvi alabilir miyim acaba? Kapıdaki sıra, almış başını gitmiş. Çoğu orta yaşın üzeri amca ve teyze, içeri girmek için kalabalığın azalmasını bekliyor muhtemelen. Onların alışveriş vakti tabii. Sonra kapanacaklar evlerine.

Gözlerim sırada duranlara takılıyor gayri ihtiyari: Kamburu çıkanlar, saçları tel tel savrulanlar, kimi bastonlu zorlukla ayakta duranlar. Ortak bir şey varsa o da kimsenin mutlu olmadığı yüzünün gülmediği... gülse de anlaşılmaz artık maske var. Kaç zamandır evdeler? Zaten bir ayakları çukurda değil mi? Yaşlılık dediğin ağrı, sızı, ilaç, doktor, eczane, televizyon, gazete, kahvaltı, yemek, telefon, market, uyku değil mi? Mutlu yaşlılık var mı? Başım hafiften dönmeye başlıyor. Siktiiiir et Serkan, dünyanın derdi seni mi gerdi? Ulan hayatta en güzel şeylerden biri yemek yemek aslında. Karnımın duvarlarının resmen birbirine yapıştığını hissediyorum. Saate bakıyorum, geç kalmamalıyım sonra Lolita'ya ayıp olur. Ayla'nın arkasından aslında bir ara şu ayak yalayanlarla da bir röportaj patlatsam ne iyi olur diye düşünüyorum. Gözü bantlı, sırtı dönük heriflerle filan. Ne tür yalamacılar var acaba? Yalama hizmetleri Ltd. Şti. Özenle yalanır, tam vücut, yarım vücut. Ha ha ha. Ulan nasıl bir şey bu yalama yıkama? Millet iyice manyaklaştı anasını satayım.

Intıs ıntıs ıntıs, diyerek banktan kalkıyorum. Eşyaları yüklenip Bağdat Caddesi'ne yöneliyorum. Güzel bir gün aslında. Sokaklar yarı kapalı ceza evi ayrı. "Elma dersem çık, armut dersem çıkma," diye bağırıyorum. Kimse duymayacak nasıl olsa etraf çok tenha. Yaşlılar isyandaysa, çocuklar da saksıda büyüyor artık. Ali sıkıntıdan benim eşyalara sarmış mesela. Ne olacak dünyanın hali? Geri dönülmez akşamın ufkundayız... dayız ayız yızızzzzz. Intıs ıntıs ıntıs! Ah be Ali. Hem 50 mm'yi yedin hem bir lokmalık tostu fazla gördün dayına.

Göztepe parkı çok sessiz. Parktan değil de paralel sokağından yürümeye karar veriyorum. Böyle içi kat kat kaşarlı yedikçe uzayan, dışı tereyağlı kalın bir tost hayali var gözümün önünde, ekmeği ne ince ne kalın. Belki bir tanesi sucuklu ve Amerikan salatalı olabilir. Başım dönmeye, midem ses çıkarmaya devam ediyor. Caddebostan Migros'un önüne geliyorum. Karşıma içi sandviç dolu bir makine çıkıyor. Sandviçler üçgen şeklinde, yumuşacık, kenarsız ikisi bir arada olanlardan. Parayı koyunca pıt boşluğa düşecek. Onu alıp iki lokmada gömecem. Yutkunarak para aranıyorum. O sırada telefonum çalmaya başlıyor. Arayan Ayla. Pardon Muhteşem Ayla.

"Ben geldim, neredesiniz?" diyor cik cik cik yarı kadın yarı çocuk sesiyle.

"Ben de geldim," diyorum, içimden "ulen niye erkenden damladın küçük yelloz" desem de! Migros'un kapısında duran makinelere son bir kez bakıp yönümü sahile veriyorum.

İşte orada... Katlanan bir sandalyede oturuyor sanırım. Sanıyorum çünkü etrafındaki kalabalıktan ne yaptığını tam olarak göremiyorum. Herkes yanında yöresinde durarak fotoğraf çekmeye çalışıyor. Belli ki buraya geleceğini bütün âleme duyurmuş. Kimisi Ayla'nın ayaklarının fotoğrafını çekiyor. Kimisi kalabalığı, kimi öne geçip arkasında Ayla'yı. Ayla da Ayla ama... Muhteşem sıfatını hak ediyor. Bir terlikler giymiş ki en az on beş cm yükseklikte. Kan kırmızı ojeli parmakları terliğin açık burnunda inci taneleri gibi yan yana dizilmiş. Geldiği yolu nasıl yürümüş lan o topuklarla? Yürüyemez yok... yanında getirmiş olmalı.

Üstünde crop var. Küçük memelerini cömertçe sergileyen dekoltesini kucağında tuttuğu köpeği kapatıyor. İki buçuk kiloluk, saçları kurdeleli, sakallı, kara gözlü şaşkın köpek kalabalıktan rahatsız olmuş tir tir titriyor. Köpekten ziyade kediye benziyor mikro hayvan. Ayla altında boncuklarla işlenmiş kot şortundan uzanan sütun bacaklarını birbirine dolamış, saçlarını esen rüzgâra bırakmış. Yüzündeki maskeyi çıkarmamış. Uzaktan beni gördü, el salladı sanki sallamasa tanımayacağım. Maskesini çıkardı. İnsanlar biraz uzaklaşıp dikkatlerini bana yönelttiler. Hakkını yememek lazım güzel kız. Gözüm hafiften kararıyor mu ne? Kalabalığı yararak yanına vardım. Yani vardığımı sanıyordum. Sonra film koptu.

Tansiyonum düşmüş ve ben Ayla'nın yanına varır varmaz yere kapaklanmışım. Daha doğrusu Ayla'nın ayaklarının dibine düşmüşüm. Saplantılı bir manyak sanmış millet tabii beni, kadının ayaklarını öpmeye çalıştığımı onu görünce kendimden geçtiğimi zannetmişler. Neyse sonra ayıldım. Ayla'nın gizli bir erkek hayranı üstüme çullandı bu sefer. Aç biilaç kavgaya giriştik daha doğrusu ben resmen dayak yiyordum. Adam niye kadının ayaklarını yaladığımı soruyordu o an rüyamda tost yediğimi hatırladım. Bağırarak adama gazeteci olduğumu Ayla'nın ayaklarını yalamaya değil onunla röportaj yapmaya ve çekmeye geldiğimi anlatmaya çalıştım. Millet aramıza girdi. Herif inanmıyordu. Ben de olsam inanmazdım neyse Ayla devreye girdi adamı ikna etti, uzaklaştırdı. Yanlış anlaşıldığım anlaşıldı. Bende tansiyon yerlerde. Birisi bir şeyler verdi ama ne yedim ne içtim hatırlamıyorum, nihayet kendime geldim ve işimizi bitirdik. Ne sordum o ne cevapladı Allahtan kayda aldım, zerre aklımda kalmadı.

Fakat işin en kötüsü sosyal medyada en çok dikkati, Muhteşem Ayla'nın ayağına kapaklanırken ve parmaklarının yanında şuurumu kaybedip tost yediğimi zannederken yamulan yüzümü gösteren fotoğraflar çekti. Röportajdan ziyade bu görüntülerin ses getirmesine bozuldum tabii. Duygu'ya durumu nasıl anlatacağımı düşünmeye başladım. Belki adaya gittiğimizde söylerim. Gizli bir fetişist olduğumu itiraf ederim... Ha ha ha inanır mı acaba? İyi bir ayrılık sebebi olabilir fakat bu fetişizm zamazingosu. Aman be uğraştığım şeylere bak! Ah be Ali be. Hep senin yüzünden! Yarım tostu dayına niye çok gördün? Niye?

Intıs ıntıs ıntıs...

Bir Ada Macerası

Serkan'la Büyükada'da tanıştık. Mistik biri değilim ama tesadüfleri önemserim. Sonuçta bence hayat tesadüflerin sıralanmış hali. Ve bazen bu tesadüfler bize inanılmaz dersler veriyor!

Bir 23 Nisan günü dilek dilemek üzere çalıştığım eski iş yerinden arkadaşım Derya ile birlikte Büyükada'ya gitme planı yaptık. Derya eşinden ayrılmıştı ve uzun süredir hayatına hiç kimse girmemişti. Bir arkadaşım Azap yokuşunun başındaki bir ağaca bağlanan ipi koparmadan Aya Yorgi'ye çıkaranların dileklerinin kabul olduğunu söylemişti. İnanmak serbestti. Denemek de!

O gün, iki bekâr kız aldık birer makara, ipin ucunu yatık bir ağacın gövdesine bağlayıp sessizce tırmandık. İki kilometreye yakın bir yoldu. Konuşacak ve kaynatacak onca konu varken sessiz kalmayı becerebilmek, dileklerimizin yangınına işaret ediyordu. İtiraf ediyorum, en büyük arzum, ciddi bir erkek arkadaş edinmekti! Ciddi derken ileriye dönük bir ciddiyetten bahsediyorum. Sevdiğim tarafından arzulanmak, hayatına dâhil olmak, aile kurmak, o sıra en büyük derdimdi. Derya'nın yarası ise farklıydı. Boşandığı eşi yeni bir aile kurmuştu ve eski evliliğinden olan çocuğunu görmek bile istemiyordu. Kafa dengi birisiyle tanışmak ve yeniden aile kurmak istediğini biliyordum. Aslında birçok kadın böyle şeyler için dilek tutar, kimi bunu gizler, kimi açıkça söyler. Kadınların paçavra bağlamak, ip uzatmak, yatır ziyaret etmek gibi batıl meraklarının arkasında yatan niyet çoğunlukla aynı minvaldir: Hayat arkadaşını bulmak, sevmek ve sevilmek.

Karşıma, uzun süredir kafama göre biri çıkmamıştı. Çevremdeki bütün kız arkadaşlarım sözbirliği etmiş gibi evleniyordu. Benim ne eksiğim vardı? Aslında eksiğim değil de... fazlam vardı. Yemeyi içmeyi seviyordum, radyoda genelde oturarak çalışıyordum ve hareketsizdim. Yine de abartı kilom yoktu. Biraz fazlaca etine dolgun denebilirdim.

Doğal kızıl saçlarım, okyanus rengi gözlerim ve hokka burnum vardı. Aslında detayda hiç fena değildim. Fakat dedim ya azıcık tombiktim.

Çıktığımız tepenin bitiminde, enfes bir manzara ve güzel köfte yapan bir yer vardı. Nefes nefese yukarı vardığımız dakikalarda karşılıklı kahkahalar atan bir grupla karşılaştık. "Aaaa Serkan!" dedi ve Derya koştu birinin yanına gitti. Derya'nın erkek kardeşiymiş meğer Serkan. Ne tesadüf! Neşeli grup bizi masalarına davet etti. Masa, iri gövdeli yatık bir ağacın hemen yanındaydı. Birden adada gövdesi yatık ne kadar çok ağaç olduğunu düşündüm. İpi bağladığım ağaç da böyle değil miydi? Masalarına oturduğumuzda zaten keyfi çakır olan grup bizimle beraber iyice coştu. Yedik, içtik, güldük, sonra vapur saati geldi. Çıktığımız yokuştan aşağı inmek kolaydı. Hep birlikte yola koyulduk. Derya başkasıyla muhabbet ederken kardeşi Serkan ise yanımdan ayrılmadı ve bana özel bir ilgi gösterdi. Bunu neye borçlu olduğumu bilmiyordum ama dileğe borçlu olduğumu düşünmek iyi geliyordu. Vapura kadar konuşa konuşa yürüdük. Herkes halinden memnundu.

Bir dilek bu kadar çabuk kabul olunur muydu? Fakat oldu. Bir mucize oldu ve bir sene sonra Serkan'la nişanlandık. Tabii hiçbir şey birdenbire gelişmedi ama olması gerekenler olması gereken sırada oldu.

Düğünümüze iki ay vardı. Hava yeni ısınmıştı. Bir nisan günü müstakbel nişanlımla adaya gitmeye karar verdik. Onunla tanıştığımız yere gönül borcum vardı. Tıpkı bir katilin cinayet işlediği yeri ziyaret etmesi gibi aynı dönemde adayı tekrar ziyaret ederek minnet borcumu ödeyecektim.

O sabah Serkan'la, Karaköy İskelesi'nde buluşacaktık. Minibüsten inip uzaktan siluetini hemen seçiverdim. Sinirli sinirli bir ileri bir geri yürüyor, sık sık telefonuna bakıp duruyordu. Saatime baktım. Geç kalmamıştım. Başka bir sorunu vardı muhtemelen. Aslında adaya gitmek için şehir hatlarını tercih etmeme rağmen Mavi Marmara Serkan'ın iş yerine daha yakın olduğu için her zamanki gibi öncelik ve uygunluk ona göre ayarlanmıştı. Serkan önce biraz söylense de o gün sırf bu ziyaret için işinden izin aldı. Serkan gazeteciydi ve o sıralar kendini ispat etmek için yeni projeler arifesindeydi.

"Amma kalabalık, oturalım mı? Daha on dakika var."

Serkan önce önümüzde çoğalan kuyruğa sonra benim gösterdiğim büfenin taburelerine baktı.

İsteksizce, "Peki," dedi.

O sırada telefonu çaldı. "Efendim Menekşe," dedi.

Serkan konuşurken büfeden kendime çay ve poğaça aldım. Poğaça sıcacıktı. Sabah evden yetişememe korkusuyla aç çıkmıştım. Serkan hararetli konuşmasına devam ederken ben çayıma ve poğaçama yumuldum. O sırada küçük bir kedi yanıma geldi, bacağıma sürtündü. Ona poğaçamın küçük bir peynirli parçasını uzattım.

Serkan telefonu sinirle kapattı ve söylenmeye başladı:

"Bir işi tek başlarına yapamazlar!"

Cevap vermedim. Poğaçamı yiyor, çayımı yudumluyordum. Serkan, parlardı sonra sönerdi.

"Bu iştahla gelinliğe sığamayacaksın Duygu," diyerek elimdeki poğaçayı işaret etti.

Lokmalar boğazımda durdu. Poğaçanın geri kalanını ufalayıp dibimdeki kediciğe takdim ettim. Haklıydı Serkan, kilo alabilirdim. Düğün kapıdaydı, böyle fütursuzca karbonhidrat yemeler filan da neydi?

Serkan gittikçe artan kalabalıktan yer bulamayacağımızı söyleyerek beni oturduğumuz yerden kaldırdı. Oysa sıra çoktan üremişti. Ortadoğu ülkelerinin hangi milliyetten olduğu belirsiz insanları erken gelen baharı, bizim çalışmaktan fırsat bulup gidemediğimiz Büyükada'da kutlamaya karar vermişler ve bilet gişesinin yanında ordu gibi dizilmişlerdi. Serkan kolumdan bir anda hışımla çekti ve sıranın en önüne terfi ettik.

"Ne yaptın?" ardından" ay dövecekler bizi..." dedim.

"Bırak şunları ya... yanımda dur," dedi bana sert sert.

Arkamızda duran birkaç kötü bakış ve homurtuya, dik bakışlarıyla karşılık veren Serkan, istifini bozmadan biletleri verdi ve ilerledik. Utancımdan gözlerimi yerden kaldıramıyordum.

Üst katta, bir yer bulduk oturduk. Serkan'ın telefonu çaldı. Aynı kız arıyordu ve konuştukları konu her ne ise bir türlü çözülemiyordu. Duymak istemesem de konuşmaları duyuyordum. Serkan her seferinde daha sinirliydi ve benden uzaklaşarak konuşmayı tercih ediyordu.

Karşımıza yabancı bir çift oturdu. Adam şişeden çıkan cin misali iri kıyım, sakallı, kel kafalı, koca göbekli, büyük elli büyük ayaklıydı. Adamın yanında elini tutarak oturan başı örtülü güzel yüzlü genç bir kadın vardı. Kadın kısa bir süre sonra başını adamın omzuna yasladı. Kadının tavrından duruşundan bu dev adamı kimsenin göremediği bir gözle gördüğü ve sevdiği belliydi. Bir an elimi uzattım ve Serkan'ın elini bulmaya çalıştım. Benim de elini tutabileceğim bir sevgilim vardı! Telefonda konuşurken serbest olan eliyle hareketler yapıyordu, elini tutmak için gösterdiğim çabaya anlamsız gözlerle baktı. Kendimi kötü hissettim. Bu telefon görüşmesi iş yerinde çözülemeyen bir olaydan daha fazlasıydı sanki. Fakat bunu sormaya niyetim yoktu. Çünkü kötü şeyler duymak istemiyordum. Üstelik bir ay sonra düğünümüz vardı. Hem hayatında başka birisi olsa benimle tanıştığı yere yeniden gelir miydi?

Karşımıza oturan çiftin hemen yanında çocuklu bir aile vardı. Onlar da yabancıydı. Adam çocuğu pusette sallıyor, ağladıkça kucağına alıp pışpışlıyordu. Gözlerim ilgili babadan sıranın sonundaki yaşlı karı kocaya kaydı. Eski ada sakinlerinden oldukları oturdukları koltuğun dibindeki çantalardan belliydi. Kadın gazete okuyor, adamsa karısının tuttuğu gazeteye göz ucuyla bakıp arada laf atıp muhabbet açıyordu. Yaşlı kadın eşini yarı ciddi yarı muzip bir edayla cevaplıyordu. Pek tatlıydılar. Hani, keşke yaşlanınca böyle olabilsek dedirten türden!

Motor hareket ederken Serkan telefon görüşmesini bitirdi. Neredeyse buluştuğumuzdan bu yana telefonda konuşuyordu. İçimden sitem etmek gelse de vazgeçtim. Yangına körükle gitmenin anlamı yoktu. Sıra dışı bir olayla uğraştığı belliydi. Günü iyi geçirmek istiyordum, keyif kaçırmak anlamsızdı.

İçimi bahar coşkusu, etrafı hoş bir deniz kokusu sarmıştı. Martılar uçuyordu, küçüklü büyüklü yelkenler denize açılmıştı, sevgilim yanımdaydı, bugün hayattan çalınmış bir gündü. Tadı çıkarılmalıydı. Yakınlarımızda duran birkaç genç, ellerindeki simitleri martılara atıp eğlenmeye başladı. Yanımdan geçen simitçiden ben de bir tane alıp aralarına katıldım. Attıklarımı yakalarken gemiye dairesel hareketler yaparak gidip gelen martıları Serkan'a gösterip gülüyordum, havaya girmiştim. Arada ağzıma bir simit parçası atıp sonra diğer parçayı havaya fırlatıyordum. Martılar iyice azmıştı. Serkan bana somurtarak bakıyordu.

"Yine dayanamadın ve yiyecek bir şeyler aldın Duygu!"

Elimde yarısı bitmiş simide baktım.

"Yemiyorum ki... Onlar için aldım!" diyerek kalan simidi havaya fırlattım.

Serkan'da son dönemde peydahlanan bu kilo takıntısının sebebini anlayamıyordum. Görüşmeyeli kilo mu almıştım? Farkında olmadığım bir şişkinliğim mi vardı? Yoksa Serkan'ın annesi, gelinlik provası sırasında yaşadıklarımızı oğluna bire bin katarak mı anlatmıştı? Ama her gidişimde beni yedirmeden göndermiyordu. O nefis dolmaları, mezeleri yapmasaydı o zaman!

O sırada pusetteki çocuk ağlamaya başladı. Baba çocuğu kucağına almak için aceleyle ayağa kalktı ve çocuğu avutmak için gezdirirken yanlışlıkla Serkan'ın ayağına bastı. Serkan adama ters ters baktı, başını iki yana salladı. Tam ağzını açacakken telefonu çaldı.

O sırada sahneye tostçu çıktı. Elindeki tepside içi kalın kaşarlı sandviçler, portakal suları gezdiriyor ve küçük nidalarla satış yapmaya çalışıyordu. Bir an Serkan'la göz göze geldik. Ne vardı canım bunda? Nişanlım düğünde güzel gözükmemi istiyor, beni düşünüyordu. Oysa ben boğazımın peşindeydim. Gülmeye başladım. Serkan işaret parmağını havada ileri geri salladı. O sırada telefonunu kapattı ve oturdu fakat telefon yeniden çalmaya başladı. Bu işten sıkılmaya başlamıştım. Serkan var mıydı yok muydu?

Serkan'ın ayağına yanlışlıkla basarak geçen baba, kucağında ağlayan çocuğu avutmak için ileri geri yürümeye devam ediyordu. Serkan telefondaki hararetli konuşmanın heyecanıyla yine ayağa kalktı ve tam o anda adamın kucağındaki çocuğun ayağı Serkan'ın beyaz tişörtüne değdi ve lekeledi. Serkan adama bağırmaya başladı. Nasıl dikkatsizdi! Bu ne terbiyesizlikti! Ne olacaktı şimdi? Telafisi var mıydı? Serkan'ın gözü dönmüştü, adamı omzundan tutup kendine çevirdi, tişörtündeki lekeyi gösterip çocuğun ayakkabısını işaret etti. Elim ayağım titriyordu. Adamcağız ne diyeceğini bilmez halde mahcup mahcup Serkan'a bakıyordu. Çocuk daha fazla ağlamaya başladı.

O sırada eşiyle gazete okuyan yaşlı adam yerinden kalktı ve Serkan'ı kolundan hafifçe tutarak kibarca yerine oturttu, "Genç adam, dur sinirlenme, olur böyle şeyler," dedi.

"Ama bu kadar da olmaz! Medeniyetten habersiz bu insanlar... Demin ayağıma bastı şimdi de yaptığına bak!" diyerek üstünü gösterdi. E titiz adamdı Serkan. Tabii bir de şu telefonda çözülmeyen konu, sinirlerini iyice germişti. Haklıydı!

"Valla çişleri gelince tuvalet için kapımızı çalıyorlar bazen ne yapacaksın oğlum..." dedi yaşlı adamın yaşlı karısı. Elindeki gazeteyi katlarken gülerek bakıyordu. Ben de onlara güldüm. Allah razı olsundu, sayelerinde sorun büyümeden çözülmüş yüreğim serinlemişti. Kadın çantasından küçük bir kutu çıkardı, bize uzattı. İçinde çifte kavrulmuş mini lokumlar vardı. Serkan teşekkür ederek almadı. Bana gözlerini dikti, ben de teşekkür ederek almadım. Yaşlı ve tatlı kadın ısrar etti. Yutkunarak teşekkür ettim. İkramı geri çevirmek ne kötü bir histi! Sunulan sevgiyi almamak gibi! Her neyse...

Martılar, deniz ve hava öylesine güzeldi ki! Küçük aksaklıklara rağmen mutlu olunacak şeyleri düşünmeye ve etrafıma umutla bakmaya çalıştım. Karşımdaki genç kadın iri yarı sevgilisinin omzuna bütün ağırlığını vermiş uykuluyordu. Birden, oturalı beri ellerinin birbirinden ayrılmadığını fark ettim. Ne anlamlı ne romantikti. Peki, bizim neyimiz eksikti? Yanımda kasılmış vaziyette oturan nişanlıma döndüm ve uzanıp elini tuttum: "Serkan artık rahatla, bak hava ne güzel, deniz şahane, dönünce yıkarız bluzunu leke filan kalmaz, boş ver," dedim.

Elini çekti, "Tamam Duygu tamam," dedi.

Canım sıkıldı. Aksi gibi her şey niye böyle üst üste geliyordu? İş yerindeki problem, ayağına basılması, üstünün kirlenmesi. Bunlar Serkan gibi takıntılı bir adam için çok fazlaydı tabii. O sırada sahneye yeni bir satıcı çıktı. Düşüncelerim, vapurun debdebesinden bir türlü derinleşemiyordu. Adam ağzında mikrofon elinde soyma bıçağı çeşitli sebze ve meyve üzerindeki denemelerini şovla karışık anlatmaya başladı. Herkes dikkat kesildi. Ben adamı merakla izlerken Serkan da telefonda yazışmaya devam etti. Gösterisini bitiren adam elinde iki tepsi; biri soyduğu meyveler, diğeri bıçaklar, aralarda gezinmeye başladı. Tanesi bilmem kaç liradan alıcı bulan bıçakların yanında şov sırasında soyduğu meyveler de ikramdı.

Önüme uzatılan tepsiden bir dilim elma alsam ne olurdu sanki? Oysa Serkan bakışlarını yine bana dikmişti. Gülerek ikramı pas geçtim. Karşımızdaki çift elmalardan ikişer üçer dilim alıp çatır çutur yediler. Bari su içseydim. Yanıma su almamıştım. Büfeye gidip almak istemiyordum. Neyse bütün iştahımı öğlen yemeğine saklıyordum. Herhalde öğlen yemek yememe laf edemezdi.

Adaya vardık. Adanın en yüksek yerindeki lokantaya gidecektik. Önce araçla tepenin başladığı alana varacak oradan yürüyerek yukarı çıkacaktık. Hayalimde mis kokulu köfteler ve buz gibi bir bira beni bekliyordu. Serkan köfte yememe engel olamazdı ama görünen şartlar altında biraya engel olacağı kesindi. En iyi ihtimalle bir tanesini paylaşırdık.

Sevimli bir araçla tıngır mıngır yola koyulduk. Her tarafta mor sümbüller vardı. Mis kokular etrafa buram buram yayılmıştı. Yanımızdan berimizden motorlu, bisikletli insanlar geçiyordu. Ada evleri yeşilliklerin arasında inci taneleri gibi duruyordu. Hepsi gözümde başka bir öyküydü. Gözlerimi etraftan, burnumu kokulardan alamıyordum. Mutluydum işte... Hem Serkan da nispeten sakinlemişti, üstelik telefonlar kesilmişti. Mevzu çözülmüştü sanırım. O sırada yanımızdan iki kişinin oturduğu üstü kapalı çift kişilik bir motor geçti. Motorda oturanlar bize doğru el sallamaya başladı, onları bir yerden tanıyordum ama nereden? Evet ya... onlar gelirken karşımızda oturan yaşlı ve tatlı çiftti! O tuhaf araca önlü arkalı binmişlerdi ve direksiyonda kadın vardı. Arkasında oturan yaşlı kocası karısının elbisesinin yanından sarkan kuşakları, seyis edasıyla arkasından muzipçe tutarken diğer eliyle de bize el sallıyordu. Komik ve sempatik bir manzaraydı. "Şişşşt Serkan baksana... motordaki yaşlı çift," diyerek Serkan'ın kolunu çekiştirdim. Serkan isteksizce işaret ettiğim yöne döndü baktı, birlikte el salladık.

Aracın bizi bıraktığı yerden varmak istediğimiz lokanta yaklaşık iki kilometrelik yokuşun sonundaydı. Yolda konuşmadık, mecalimiz yoktu. Hem açtım hem de susuzdum, o da telefonda konuşmaktan bitkindi. Tepedeki lokanta boştu. Manzaraya karşı bir yer bulduk ve oturduk. Birer porsiyon köfte sipariş ettik. Dört köfte, bir acı biber, bir yarım domatesten oluşan yemeğimi ekmek yemeden tek nefeste gömdüm. Ne var ki yol boyunca itilip kakılan nefsim körelmemişti. Serkan bir birayı paylaşma teklifimi de kabul etmedi. Israr etmeye cesaretim yoktu.

İlerleyen dakikalarda Serkan'ın telefonu çalmadı. Belki de sessize almıştı, bilmiyorum. İkimiz de yorgunduk. Dönüş saati yaklaşınca yokuş aşağı vurduk ve yol bitiminde araca binip sahile yöneldik ve şehir hatları vapuruna bindik. Dönerken Heybeliada girişinde parmaklıklar arkasında vapur bekleyen insan kalabalığına takıldı gözüm. Benim bulunduğum yerden nasıl göründüklerinin farkında olsalardı parmaklıklara bu kadar yakın dururlar mıydı? Aklımda yeni öykü fikirleri yeşerdi birden.

"Bak," dedim Serkan'a, "insanlar sanki şeyde gibi... hapiste gibi!"

"Vapur bekliyorlar işte..." dedi, "ne hapsi!"

Karaköy'e vardık. Serkan iş yerine gideceğini söyledi. Bir röportaj mevzusunu çözmesi gerektiğini söyledi. Ayrıldık. Bir otobüsle Beşiktaş durağına geldim. Bir iki gelinlikçi vitrininin önünden geçtim. Vitrindeki mankenlere, üstlerindeki gelinliklere baktım. Bu arada Beşiktaş köftecisinin önünden geçiyordum. Ani bir kararla içeri girdim bir buçuk porsiyon köfte yanında piyaz ve nefis bir patates kızartmasıyla ayran söyledim. Siparişler geldiği sırada telefon çaldı. Arayan Serkan'dı. Telefonu sessize aldım.

Muhtemel finaller:

1-Düğün gününden kısa bir süre önce Serkan, Ayla isimli bir kadınla gazetelere çıktı. Serkan'ın beni sevmediğini anlamış oldum. Tercih ettiği kadının sosyal medya profilini görünce dudağım uçukladı. Belki de artan iştahım, bir tür mutsuzluk tepkisiydi!

2- Bütün günün acısını çıkardığım köfteciden çıkıp dolmuşa bindim. Yolda beni gelinlikçi aradı, beğendiğim modeli ölçülerime göre dikmeye başlayacağını, gelinliği kiralamak ya da almak konusundaki kararımı sordu. Serkan'ın annesinin "kirala kızım, koyacak yer bulamayacaksın" dediği geldi aklıma. Gelinlikçiye siparişi külliyen iptal etmek istediğimi söyledim. Elimi bile tutmayan biriyle evlenmek delilikti.

3- Başım dönüyordu. İnsanlar ellerinde elmalar, poğaçalar, simitler, tostlar; üstlerinde daireler çizerek uçan martılarla beraber alaşağı ettikleri parmaklıkların arkasından üstüme doğru koşuyorlardı. Yazdığım kitabı almışlar meğer imza için bekliyorlarmış. Ayaklarının altında ezilmeme ramak kala gözlerimi açtım. Uyuyakalmışım. Serkan kolumu tuttu, "Geldik," dedi. "E biz daha önce de gelmemiş miydik?" dedim.

4. O akşam öyle mutsuzdum ki acayip içtim ve ertesi gün sürüne sürüne işe gitmek zorunda kaldım ve lanet bir kadınla canlı röportaj yaptım. Aslında yapmak zorunda kaldım! Maruz kaldığım muamele için misafir yazara dava açsam kazanırım.

Menekşe

Eski sevgilimin radyoda program yapan yazar bir kızla beraber olduğunu hatta sözlendiğini duyunca çıldırdım. İtiraf etmeliyim ki yaratıcı yazarlık atölyesine başlama kararımda bu haberin etkisi tartışılmaz. Ayrıca yazar olmak son derecede havalı ve seksiydi; acayip bir sıfat, ulaşılmaz bir mertebeydi. Okumayı seviyordum, düzenli günlük tutuyordum. Ben de yazabilirdim pekâlâ. Birçok yazar yazmanın öğrenilebileceğini söylemiyor muydu? Bunu kendime ve diğerlerine en kısa zamanda kanıtlayacaktım... Ve yeni bir sevgili bulacaktım! Neler kaçırdığının farkında olmayan eski sevgilim beni bıraktığı için bin pişman olacaktı!

Atölyenin ilk etabı tanışma, teknik anlatımı, ufak tefek ödev ve örneklerle geçti gitti. Esas aşama, herkesin kendi yazdıklarını okuduğu ikinci fazdı. Bu grup evlere şenlikti. Aralarında en genç kişi bendim. Katılımcıların çoğu, yolları oraya kazara düşmüş gibi görünen orta yaş üstü kadınlardı. Tek bir erkek katılımcı ve bir de Belgin vardı. Belgin çok farklıydı. Ev kadınlarından hallice olduğunu düşündüğüm grupta en ayrıksı kadın oydu.

İlginçtir, ilk görüşte küçümsediğim kişiler zamanla beni şaşırttı. Yazdıklarından tanık olduğum hikâyeler onların hayatıydı. Biri kocasından çektiği eziyeti, diğeri kanserle mücadelesini, öbürü çocuk sahibi olma yolunda çektiği sıkıntıları yazmıştı. Çoğu kurguya yedirilmiş gerçeklikler, ibretlikti.

Belgin cesurdu. Çıkınında erotik, marjinal öyküler vardı. Ayaklarla ilgili bir metin okumuştu mesela çok ilgimi çekmişti. Yazdıkları, ürkütücü, vurucu ve sıra dışıydı. Sanırım bu ayarı tutturmak maharetti. İddialı görüntüsüne, iddialı hikâyelerine rağmen Belgin'in dışa dönük olduğu söylenemezdi. Konuşmalar ya da öyküler ilgisini çekerse katılırdı. Ortama bodoslama dalmaz, daldığında sözünü esirgemezdi. Bu yüzden herkes ondan çekiniyordu. Görüntüsü de renkliydi hatta seyirlikti. Mavi-siyah kat kat saçlarının favori kısımları kazılıydı. Kara gözlerini ve delici bakışlarını ortaya çıkaran makyajlar yapar, bedeninin görünen kısımlarındaki dövmeleriyle görünmeyen kısımlarını merak ettirirdi. Bize, yani atölye insanlarına başka dünyaların katmanlarının arkasından bakıyordu sanki. Atölyeye motosikletle gelmesi ise başlı başına olaydı. Bildiğim kadın tanımlarının en marjinal örneği olmaya aday Belgin'i, gizli gizli izlemekten tuhaf bir zevk aldığımı fark ettiğimde kursun yarısına gelmiştik. Yaydığı tekinsizlik duygusuna, cesur varoluşuna tanımsız hisler eşliğinde hayrandım.

İş, yazı ve atölye arasındaki hayatım bir süre rutininde devam etti. Yazmak en önemli meselem haline gelmişti! Azimliydim. Devamlı yeni konular buluyor öykü yazma becerimi güçlendirmek için kitaplar okuyor, yazdıklarımı atölyede okuyordum. Dedim ya haklı bir sebebim vardı, içimdeki kıskançlık fırtınası büyük bir motivasyon yaratmıştı.

Ve bir gün umudum yerle bir oldu. Atölyenin bitmesine çok az kala katılımcılardan biri, balkonda sigara içerken beni yakaladı ve yazdıklarımı kıyasıya eleştirmeye başladı. Kadının adı Naile'ydi. Herkese yetiştirdiği bir lafı ve bitmek bilmeyen öfkesi vardı. Kendisinden hoşlanmazdım ama kabul etmeliyim ki yazdıkları son derece iyiydi. Söylediğine göre emekli bir filoloji hocasıydı ve çevirisini yaptığı onlarca kitap vardı. Hasta kocasına bakarken bin bir çile kapısından geçmişti filan...

"Henüz çok genç ve tecrübesizsin. Gayretlisin anladık... Ama bir şey var... yazdıklarında yani... tadı tuzu eksik şeyler."

Kadın konuşmasına devam edip ben de onu ciddi ciddi dinlerken, bir kerteden sonra duymaz oldum. Sadece açılıp kapanan ağzını ve kaz ayaklarının arasına sıkışmış, kirpiksiz göz kapaklarını görüyordum.

Gözyaşım kirpiğimin ucuna dayanmıştı. Sigaramı içmiyor, yiyordum. Biteviye konuşup sonra es verdi, nefeslendi ve yeniden başladı:

"Bak bu söylediklerim yazdıklarınla ilgili, seninle-kişiliğinle ilgili filan değil, anladın mı? Tamam mı?"

Benimle -ne kadar kötü yazdığıma dair- uzlaşmak, üstelik buna onay almak istiyordu.

"Anlaştık mı?" diye sordu bu defa da gözlerini bana dikerek. İnadına tepki vermiyordum. O da ısrarla cevap bekliyordu. O an yegâne derdim gözümdeki yaşı akıtmamaktı. Balkonda duran ve bizi dinleyen Belgin'i fark ettim. Ne zamandır oradaydı?

Karşımdaki önce sınıfa doğru kaçamak bir bakış attı sonra bana dönüp sesini alçalttı:

"Bak canım, bu atölyeyi düzenleyenler asla benim gibi dürüst davranmazlar sana!"

Soran gözlerle baktım.

"Şekerim anlasana amaçları seni burada olabildiğince çok tutmak... Yeni bir kurs dönemi için daha motive olmalısın. O yüzden bol keseden takdirler uçuşuyor havada!"

Bu kadar mı kötü yazıyordum?

"Yazık günah, zamanına, parana! Ne kadar çalışsan da bazı şeyler sonradan olmaz. Mesela ben, ancak çöp adam çizebilirim. Anlatabildim mi? Belki hayat tecrübesi kazandıkça... İleride yazmalısın!"

Başımı öylesine salladım.

"Kızmıyorsun di mi bana?"

"Yoooo..." derken elimin tersiyle kirpiğimin ucundan firar eden damlayı yakaladım.

Konuşmanın sonu göründüğünde, Belgin bize arkası dönük halde balkondan hafifçe aşağı sarkıyordu. Arabaların park edildiği alanda bir şey aranıyor gibiydi. Ara bitti herkes yerine geçti. İçimde düğüm düğüm sorular vardı. İyi yazabilmek için bu kadınlar gibi mi olmam gerekiyordu? Adetten kesilmem, saçlarımı dökmem, parmaklarımı üst üste bindirmem, kocamdan eziyet görmem, üst üste düşükler yapmam veya kanser mi olmam lazımdı? Yazdıklarım, tadına-tuzuna-kıvamına nasıl ve hangi koşullarda kavuşacaktı? Eleştirilmek gücüme gitmişti. Kadın, bu cesareti ve haddi nereden bulmuştu? Benim toyluğumdan mı? Belki başkaları da aynı düşüncedeydi. Fakat onlar söylemeye cesaret edememişti. Bir hırs insanı kendine bu kadar kör bırakır mıydı? Bence bu soru için geç kalmıştım. Ota boka karışan, hayata ayar çekmeyi kendine iş edinen Naile'yse benim salaklığıma dayanamamış kursun sonunda ağzımın payını vermişti. Söylediklerini ya koşulsuzca kabul edecek ya da umursamadan yoluma devam edecektim.

Çıkışta hiç kimseyle hele de o kadınla en küçük bir iletişimde bulunmak istemiyordum. Herkesin gittiğine emin olunca kendimi dışarı attım. Naile, arabasının etrafında birkaç kişiyle birlikte durmuş, söyleniyordu. Biraz daha yaklaşınca tekerleğinin patlamış olduğunu anladım. Yanlarından gölge gibi süzüldüm. İçimde en küçük yardım etme hatta geçmiş olsun deme isteği yoktu.

Sokağı döndüğüm anda biri kolumu tuttu, çığlık atacakken tutanın Belgin olduğunu anladım. Motosikletinin yanında duruyor, elinde bir kask tutuyordu.

"Hadi giy," dedi.

"Nasıl?" dedim.

"Hadi kafana tak da gezelim biraz," dedi.

Ben kaskı takarken o da bir çırpıda kollarıma bacaklarıma koruyucu bantlardan taktı.

"Arkamdan sıkıca tut beni, tamam mı?"

Hipnotize olmuştum. Çekinerek arkasına yerleştim. Onca hafta hiç kimseyle samimi olmayan bu kadın beni nereye götürüyordu? Maksadı neydi?

Yola çıktık, tam caddeye dönerken keskin bir frenle durdu, kaskının kapağını açarak bana döndü, "Başındaki kask büyük gelebilir, kafandan uçacağını hissedersen ağzını aç ve aşağı doğru baskıla, uçmasını engelle!" dedi.

Ne demek istediğini anlayamadım. Sormama fırsat vermeden gaza bastı. Motora binmeye alışkın değildim, arada küçük çığlıklar atıyordum, sesim kaskın içinde boğuk yankılar yapıyordu, beline deli gibi sarılmıştım, hatta yapışmıştım. Motoru ustaca kullanıyor, aslında riskli manevralar da yapmıyordu. Yine de korkmaktan kendimi alamıyordum. Öyle seri sürüyordu ki konuşma ya da yavaşlamasını isteme şansım yoktu. Nereye gittiğimizi bilmeden şaşkınlık ve heyecan içinde sarılmaya devam ettim. Bir süre sonra Ortaköy sırtlarından birinci köprüye girdik. Dönemeçli yolların sonunda dümdüz gidebildiğimiz bir yolda mavi ışıkların arasından süzülüyorduk. Uzaktan Kız Kulesi'ni, geçen vapurları, irili ufaklı tekneleri, ufukta denizle buluşan bulutların kızıl mavi resmini seçtim. Motor yolculuğuma envai duygu eşlik ediyordu; korku heyecan, merak ve yabani bir özgürlük...

Köprü bitiminde biraz hızlandı, başımdaki kask hem hızın hem de rüzgârın şiddetiyle yukarı doğru kalkmaya başladı. Kafamdan çıkması an meselesiydi ve bu ciddi bir riskti. Aklıma Belgin'in motora binmeden önce yaptığı uyarı geldi. Ağzımı açtım ve kaskı çenemle aşağı doğru iterek kafamdan çıkmasını engellemeyi başardım. Artık rüzgâra karşı ağzı açık gidiyordum. Nereye gittiğimizi bilmiyor, ağzımı açık tutmak ve Belgin'e sıkı sıkıya tutunmak dışında başka bir şeye odaklanamıyordum. Son görebildiğim levha "Şile"ydi. Otobanda açık ağzımdan salyalar akarken, Belgin'in ne yapmaya çalıştığını düşünüyordum.

Aslında her şeyden evvel, eve nasıl döneceğim meselesi vardı. Benzer bir yolculuğa asla razı değildim. Otele motele verecek param da yoktu. Bunlar aklıma geldikçe gözyaşlarım ağzımdan akan salyalara karıştı. Belki de Belgin gizli bir organ mafyasıydı ve beni çakma bir polikliniğe götürüyordu. Gerekli organlarımı yerinden özenle sökecek, geriye kalanı çöpe atacaklardı. Zaten böyle riskli bir yolculuğa çıkarmasından belli değil miydi amacı? Canlı-cansız-yarı canlı bir bedenden istediklerini almak!

Yavaşlasa kendimi uygun bir fırsatta yol kenarına atabilir miydim acaba? Kafamda ölümcül senaryolar, dilimin ucunda küfürler, ağzı açık yol almaktan geberik vaziyette yola tam hız devam ederken Belgin'in omzuna hışımla vurdum. Bu şekilde gitmekten çok yorulmuştum, bu yolculuk artık bitmeliydi. Oralı olmadı. Bunun üzerine koluna fena bir çimdik attım. Belgin kızdığımı anladı, yavaşladı, bir anda dengemizi kaybettik ve yolun kenarına doğru yanlamasına düştük. Belgin becerikli bir şekilde motorun altına düşmekten kurtulurken, beni de usturupluca kendine doğru çekti. O dengesini kaybetmeden ayakta dururken bense perişan halde yeri öptüm. Herhangi bir yara bere yoktu ama çenem ağrıyordu. Denize yakın yüksekçe bir tepenin üstündeydik.

Ve nihayet ağzımı kapatabildim. Belgin beni yerden kaldırmak için elini uzattı çok kızgındım, elimi uzatmadım. Dakikalardır yutkunamamıştım. Açık kalmaktan çenem kilitlenmiş, ağzımın kenarları önce salyayla sıvanmış ardından rüzgârla cilalanıp yüzümde yapışkan bir katman oluşturmuştu. Dilim damağım aynı vaziyette durmaktan uyuşmuştu.

Belgin ise gayet rahattı ve sessizce beni izliyordu. Onu çimdiklediğim için kızmış gibi durmuyordu. Yaptığımdan utanmıştım ama başka çare bırakmamıştı. Hem utanması gereken ben değil, oydu.

Baktı baktı ve nihayet "Nasılsın?" diye sordu.

"Sence nasıl olabilirim?" demek için ağzımı açtım. Fakat ağzımdan anlaşılabilir bir ses çıkmadı. Söylemek istediklerim yerine anlaşılmaz sesler yükseldi. Dilim dönmüyordu.

Belgin elini sus anlamında dudağına götürdü. Bıyık altından gülüyordu.

"Geçecek beş dakikaya geçecek..." dedi.

Bir tür ağız-çene felci geçiriyordum.

Karşımda sakin, dingin, sevecen bakışlarla duruyordu. Bu haliyle bende daha büyük bir isyan duygusu yaratıyordu. Yanıma geldi, itiraz etmeme fırsat vermeden kollarıma ve bacaklarıma taktığı korumaları söktü.

"Rahatla biraz..." derken, şefkatli bir anne gibiydi.

Hiçbir şey yapmaya takatim yoktu. Korku içinde geri dönüş yolunu düşünmeye başladım. O biraz uzaklaştı ve denizi seyretmeye başladı. Ben de oturduğum yerde çenemi ovuşturuyordum. Çok geçmeden yanıma geldi.

"Sana bir şey anlatmak yerine göstermek istedim," dedi.

İçinde bulunduğumuz kareyi biri dışarıdan fotoğraflasa onun gözlerinin ilgi ve merak, benimkilerinse korku ve hırs dolu olduğunu görebilirdi.

"Nasıl bir orospusun sen yaaaa..." dedim. Demek istedim! Fakat diyemedim. Kısmi felç devam ediyordu. Sonuçsuz bir gayretle konuşmaya devam ettim ağzımdan yine anlamsız sesler fırladı. Konuşmayı beceremiyordum. Belgin kahkahalar atıyordu. Ben daha çok sinirleniyordum. Etrafa bakındım şöyle kallavi bir taş aradı gözlerim. Vardı ama uzaktaydı. Kendine gelmesi için kafasına ya da şöyle alnının ortasına küt diye yapıştırmak vardı... Ah iyice kafayı yemiştim. Neler düşünüyordum!

İçimdeki hınçla "Yellooooozzzzz..." diye bağırdım.

Ağzımdan çıkansa "Dellloooouuuuuz..." gibi bir şeydi.

Hırstan ve utançtan ağlamaya başladım. Beden sıvılarımın dibine darı ekilmişti, gözümden yaş akmıyordu. Oturduğum yerde ayaklarımı yere çarpıp dövünmeye başladım. Bir tür sinir krizi geçiriyordum. Ben histerik vaziyette çırpınırken o sakin sakin cevap verdi:

"Şimdi değil... biraz sonra konuşalım."

Cevap vermedim, zaten veremiyordum. Bana doğru yaklaştı, "Şu an bana neler söylemek istediğini biliyorum. Seni üzmek ya da korkutmak istemedim. Aslında seninle çok daha önceden konuşmayı düşündüm fakat fırsat olmadı, aslında cesaret de edemedim. Bu arada farkındaysan söylemek istediklerin ağzından çıkmıyor. İşte mesele de bu zaten. İçinin ve ağzının söylediklerinin farklılığı! Neyse... sonra, sonra... biraz sonra... nefeslen de... hepsini konuşuruz."

İçimden talihime ve Belgin'e saydırarak; bir süre ondan uzak bir yerde durdum, derin nefesler alıp verdim ve dalgalı denizi izledim. Tutacak halim kalmamıştı yakında bir çalı vardı arkasına geçip külotumu sıyırdım ve şırıl şırıl işedim. Kısmen rahatlamıştım, ağzımı açıp kapadım, sesler çıkarmaya çalıştım. Bulunduğum yerden gizlice

Belgin'i izliyordum. Ayaktaydı, elleri belinde yolun denize en yakın noktasından aşağıya doğru bakıyordu.

Beden dili dostaneydi; sakin duruşu, bana tehlike altında olmadığımı söylüyordu. Bir organ mafyasından çok manga kitabından fırlamış kadın bir kahraman gibiydi. Peki, niye böyle bir yolculuk yaşatmıştı? Derdi neydi? Daha doğru soru, benimle derdi neydi? Kadına kızdığını söylemişti eyvallah bana da üzülmüştü ona da eyvallah peki beni niye buraya getirmişti hadi getirmişti neden ağzı açık getirmişti?

Bir süre kendi âlemlerimizde kaldık. Ay tabak gibi denizin ortasındaydı. Belgin'in elleri belinde, saçları rüzgârla savrulurken ay ışığındaki muazzam siluetiyle, mitolojik bir varlığa dönüştüğünün farkında mıydı acaba? Ve bütün bunları, içinde bulunduğum boktan duruma rağmen nasıl fark ediyordum. O hâlâ arkası bana dönük, ayakta duruyordu. İçimden onun bana yaşattığına benzer bir şey yaşatma düşüncesi geçti. Bir tür eşek şakası. Arkasından şöyle yavaş yavaş yaklaşsam ve iter gibi yapsam mesela. Ya da kocaman bir bööö yapsam kollarından tutup arkasından sarsarken iyice korkutsam!

Çömeldiğim yerden doğruldum, yavaş yavaş yaklaştım. Aramızda mesafe yoktu, kollarımı tam arkasına doğru götürürken ayağımın altında kocaman bir şey çatırdadı. Belgin aniden döndü. Ellerimi nasıl saklayacağımı bilemedim. Gülerek bana bakıyordu. Niyetimi anladı ya da anlamadı bilmiyorum ama gülerek yaklaştı ve elini omzuma koydu. Birkaç saniye öyle kaldık.

Yine utandım.

Allah'ım ben bugün niye devamlı utanıyordum?

"Bugün balkonda sizi konuşurken duydum," dedi.

Cevap vermedim.

"O kadının sana söylediklerini..." derken elini omzumdan çekti.

"Oysa sen aşağı bakıyordun!" dedim.

İşte... artık konuşabiliyordum!

"Ah neyse geçti..." derken elimle çenemi sıvazladım.

Konuşmak nasıl önemli bir tatmindi, bunu fark ettim.

"Arabasına bakıyordum."

"Kimin arabası?"

"Naile'nin arabası."

"Niye?"

"Niye mi? Hâlâ soruyor musun? Anlamadın mı?"

Lastiğinin patladığını hatırladım.

"Sen... sen... çok fenasın!"

"Onun kadar değilim ama!"

"Niye yaptın bunu?"

"Yaptığı yanına kalmamalıydı!"

"Allah'ım sen... bir tür manyaksın!"

"Kuzum, hevesini kırdı ama!"

"Kuzu muzu değilim... ayrıca sen de benim kafamı kıracaktın! Yani tamam iyi sürdün ama ağzımı açarak gelmeseydim kask kafamdan fırlayacaktı. Sonrası bilinmez."

"Haklısın zorlu bir yolculuk oldu senin için..." derken gözleri planlanmış bir oyunu fısıldıyordu.

"Neyin peşindesin?"

"Ha ha... hadi bakalım gelelim mevzunun kalbine!"

Bağdaş kurup önüme çöktü.

"Yazarak yaşamak istiyorsun değil mi? Hatta büyük amaçların var... ama ne yapacağını bilmiyorsun..."

"Seni ilgilendirmez."

"Boş ver beni. Yaşarken yazıyı düşlemek, düşlerken hayatı yeniden şekillendirmek... bir döngü bu... çok özel ve güzel bir döngü. Bunun tadına varan bir daha kopamaz."

"Eeeee..."

"Bir derdin var belli. İçindeki kör kuyudan önce kendi derdini bulup çıkarmalısın! İyi yazmak için bu şart. Ya da sana daha basit anlatayım; hortumun suyunu açıp temizi gelene kadar içindeki kirli suyun akmasını beklemelisin."

"Bunları söylemek için bu yolculuğa çıkarman mı gerekiyordu beni?"

"Hayır, elbette gerekmiyordu."

"O halde? Normal insanlar gibi anlatsan olmaz mıydı?"

"Olurdu ama vız gelir tırıs geçerdi, tam manasıyla anlamazdın bence."

"Neden ya? Neden anlamayayım? Salak mıyım? Geri zekâlı mıyım? Neyim?"

"Bence bu senin için unutulmaz bir maceraydı, ömür boyu hatırlayacaksın. Kaç kişinin böyle sıra dışı deneyimi var sence? Yaşayarak daha iyi öğreniyoruz, yalan mı?"

"Ne öğrendim ki şimdi ben? Deli misin sen? Anladım ben seni... sen resmen delisin!"

"Konuşamadığını... öğrenmiş olmalısın! Ağzın rüzgârla doluyken ve kafan kurtulma çabasındayken bir bok yapamadığını da mesela, öğrenmiş olmalısın!"

Kendimi kandırılmış hissediyordum. Böyle bir yola çıktığım için, yazmaya çalıştığım ve yazdıklarımı başkalarıyla paylaştığım için delicesine utanıyordum. Çok utanıyordum! Şeffaflaşmış, gereğinden fazla görünür olmuştum. Bu durumu arzulamamıştım. Işığın altında böylesine çaresiz kalmayı ve didiklenmeyi hayal etmemiştim. Belgin konuşmaya devam ediyordu.

"Offf! Bak işte. Sana önemli bir hayat metaforu! Uyuşmuş ağzınla gerçek duygularını söylemek isterken ağzından çıkanların bambaşka olduğunu... anlamadın mı hâlâ?"

Ona mal mal baktım, her şey çok saçma geliyordu. Bu halimle metafor filan anlayacak durumda değildim.

Devam etti: "Ve hatta... Hepsinden önemlisi sen içindekini dışarı çıkarmak için çabalarken aslında ağzının buna uygun olmadığını, onun iyileşmesi için beklemen ve sabretmen gerektiğini de!"

Aklımı karıştırmaya, yaptığı saçmalığı haklı çıkarmaya çalışıyordu. Ya yolda başıma bir şey gelseydi ne olacaktı? O tenha otobanlarda kim koşacaktı yardımımıza? Bu sorunun cevabını verebilir miydi?

"Ağzından çıkanlar -ağzın uyuştuğu için- gerçekten içinden geçenler değildi. Sen de aynı böyle yazıyorsun işte. İçinden geçenleri değil. Ağzından çıkanları! At şu uyuşukluğu üstünden de ipi sapı yazacağına kendi gerçeğini yaz."

Durdum...

"Ya ölseydim yolda?" dedim.

"Her şey kontrol altındaydı..."

"Nasıl?"

Aklımla oynuyordu resmen.

"Kask uçtuğu anda oyun bitecekti. Sen azimle korudun! İnadın her aşamada kendini belli etti! İçindeki cevherin göstergesi!"

Yine hırslandım. Olumlu giden şeyleri nalıncı keseri gibi kendine yontuyor, olumsuz olasılıklara kılıf dikiyordu.

"Onca hızla, düşmeyeceğimin garantisi var mıydı?"

"Haftalardır tanık olduğum azmin seni yönlendireceğinden öyle emindim ki... yine de özür dilerim, çok özür dilerim," dedi.

Şimdi de tamir etmeye mi çalışıyordu?

Ayın berrak ışığı Belgin'in koyu gözlerinin bebeklerinde ayna buldu. Fıkır fıkır kıvranan ışık bana derdimi ve sebebimi hatırlattı. Azmimin beni getirdiği noktayı düşündüm. Ben kim, yazmak kimdi. Yazı işine kıskançlık belası yüzünden bulaşmıştım. Oysa bu koca fili tek lokmada yutmanın bir yolu yoktu. Ve yol devamlı bana hayat dersi vermeye çalışanlarla doluydu. Bütün bir kurs dönemi boyunca, beni inciten hayat gerçekliğimin kıyısından köşesinden geçmemek adına nasıl direndiğimi ve bana ait olmayan konularda cirit attığımı hatırladım. Sevdiğim erkeği kaptırdığım radyocu kıza duyduğum yakıcı intikam ateşini düşündüm. Bunu nasıl yazardım? Herkes benimle alay ederdi. Toza toprağa karışır, un ufak olur, utanırdım! Tabii bir de bundan daha temel bir yaram daha vardı ki...

Belgin, "Biliyorum korktuğunu. Kendimize en büyük düşman yine kendimiz. Aslında hepimiz bir dertle yola çıkarız, çıkarız da sonra niye ve nasıl yola çıktığımızı unuturuz. Derdi olan, mutsuz olan yazar... Ya ağzını açmayacaksın ya da açtıysan şifayı önce kendine vereceksin."

Bu didaktik konuşmanın devamının gelmesini istemiyordum. İçimin soğuması için zamana ihtiyacım vardı. Cevap vermedim. Başka taraflara bakındım.

"Yaralarını küçümseme," dedi bana. Emin ol yarası olan yazar, mutluluktan yazanı görmedim ben."

"Kolun çok acıdı mı? Fena cimcirdim."

Gülümsedi, "Acıdı valla!" dedi.

Sonra konuşmadık. Dönüş yolunda kaskları değiştirdik. Ağzımı açmam gerekmedi, normal bir şekilde sorunsuz döndük. Eve girip sabaha kadar ağlayacağımı düşünüyordum. Yorgunluktan sızmışım. Sabaha kadar rüyamda Serkan'la uğraştım. Sabah uyandığımda bir şeyler yerine oturmuştu. Ayrılmanın, terk edilmenin acısını kabul edip "niye?" demekten vazgeçmeye karar verdim. Esas yapmam gereken şeyi biliyordum. Kendimle ilgili en derin gerçekliğin peşine düşmeli ve gerçek annemi bulmalıydım. Kim olursa olsun, ne yaparsa yapsın onu tanımak ve onunla konuşmak istiyordum. Beni evlatlık veren ve bir kere bile görmeye teşebbüs etmeyen bu kadını deli gibi merak ediyordum. Yaşadığım her şeyde "Gerçek annem olsa ne derdi?" demekten sıkılmıştım. Artık bu gerçekle yüzleşerek önüme bakmanın zamanı gelmişti. Adından başka bir şey bilmiyordum ama azmimin önüne kimse geçemeyecekti. Kezban'ı mutlaka bulacaktım!

Mukadderat

Hayatını evine ve çocuklarına adamış bir ev kadınıydım. Yaşamımın en zor tarafıysa sevmediğim, saygı duymadığım bir adamla aynı çatı altında yaşamaktı. Hayır, yaşayamamaktı. Evet, bunu ben seçmiştim. Kabul ediyorum! Fakat önümdeki seçenekler de bir uçtan diğer uca alabildiğine uzanmıyordu.

Hangi kadın ona değer vermeyen bir erkekle yaşamak ister ki?

Ailemi depremde kaybettim. O evden sadece kız kardeşimle ben kurtulduk. Ben on üç kardeşim on ikiydi. İki teyzemiz vardı biri İstanbul'da diğeri Eskişehir'de. Eskişehir'de yaşayan küçük teyzemin, ikimizi birden alacak gücü yoktu. Kardeşim ona gidince öbür teyzeme mecbur kaldım. Seneler geçti, okula devam edemedim, liseyi bile bitiremedim. Teyzemin manyak bir kocası ve iki deli oğlu vardı.

Kendime ait doğru dürüst hiçbir şeyim olmadı. Bozuk çekyatlarda geçti ömrüm. Sadece bana ait bir yatağa, kolide duran giysilerimi düzgünce koyabildiğim bir dolaba, düzgün bir aynaya, marketten çekinmeden alacağım ince kadın pedlerine duyduğum özlem gibi normal insanların yaşamında gördüğüm ve özendiğim uzunca bir ihtiyaç listem vardı. Aslında hiçbir şeyin fazlasını istemiyordum. Sonuçta depremle tanışmış, küçük yaşta ölümü öğrenmiştim... bir anda hayatı yutan ölümü!

Böylece, bulunduğum durumdan yırtmanın yollarını araştırmaya başladım.

İş aramaya başladıktan kısa bir süre sonra işlek bir AVM'nin temizlik kadrosuna girdim. Bazen gündüzcü bazen gececiydim. Gece mesai saat 16.00'de başlayıp 22.30'da bittiği günlerde eve varışım 24.00'ü buluyordu. Varır varmaz ev halkı için daha önce ne yapıyorsam aynısını yapmaya canla başla devam ediyor yemek, çamaşır, ütü, Allah ne verdiyse tamamlayıp kısa bir uykunun ardından ertesi gün işime koşuyordum.

Ne var ki çalışmam evdekileri sinir ediyordu! Aslında temel rahatsızlıkları özgürlüğe adım atmamdı. Yeterince "köle" değildim artık! Öne sürdükleri bir dolu bahane vardı. Evlerini otel mi sanıyordum? Gündüzlü işler torbaya mı girmişti? Gece çalışması da neydi? Evin iki salak oğlanı bile gece çalışmıyordu. Gerçi düzgün bir iş yaptıkları yoktu. Bir gün kebapçıda olmadı pidecide, tüpçüde, gel geç işlerdeydiler. Teyzem bellediği evlere gündeliğe gidiyordu. Eniştemse boş gezenin boş kalfası kahvelerin daimi bekçisiydi.

Son bombayı da eniştem patlattı: Bana yıllarca çatıları altında yaşama fırsatı verdikleri için kazandığım parada hakları yok muydu? Maaşımdan daha çok verirsem susarlar ve beni rahat bırakırlar mıydı? Onları memnun etmek adına evin giderlerine ne kadar katılsam evi çekip çevirmek için ne denli saçımı süpürge etsem de gösterdikleri tepkiler azalacağına zamanla arttı. Eski düzenleri bozulmuştu ne de olsa. Artık o evden ve o insanlardan kurtulmak istiyordum.

Bıçak kemiğe dayanmıştı!

En yakın çevresi böyle boktan olunca insan iyiliği, kötülüğü ayıramamaya başlıyor. Bir tür körlük yaşıyor. Kötü mötü demeden yılana sarılır gibi gördüğü ilk çözümün kucağına atlıyor. Basiret bağlanması dediklerinden. Karşıma çıkan ilk kısmetle evlenmeye karar verişim basiretimin bağlandığı ana denk gelse de "o an" sadece o an değildi. O an gelene değin öyle çok "an" birikmişti ki...

Bu hızlı karar için kendimce haklı sebeplerim vardı. Bütün bunların üstüne teyzem gözlerini son zamanlarda üstümden ayırmayan kocasından huylanmaya başlamıştı, oğlanlar devamlı kusur kolluyordu. Ben nasıl davranmam gerektiğini kimi kime şikâyet edebileceğimi, kimden medet umacağımı bilmiyordum.

Ne yapsam ne etsem varlığımın bedelini bir türlü ödeyemiyordum!

Böylece aniden evlenmeye karar verdim. Birkaç kere dükkânına gidip geldiğimde görmüştük birbirimizi. Bir ortak tanıdıkla haber göndermiş. Teyzemin evinde yaşayacaklarımdan öyle korkuyordum ki hiç düşünmedim. Çünkü ya onlar ya ben ya da hepimiz bok yoluna gidecektik. Belalardan hangisi daha hayırlı diye kendime o dönemde defalarca cevabı olmayan bir soru sormuşumdur.

Gençlik, cahillik deyip geçiyoruz ama bedeli ömür boyu ödeniyor. Belki de cevaplar tahmin etmediğimiz yerlerde saklı. Bizse onu bulmaktan aciziz. Çok basit, görünür ve tahmin edilir olmalarına rağmen. O sefil ve cahil kafamla sorduğum ve cevabını bilemediğim birçok sorum ve kadere isyanım vardı. Ve tek istediğim insanca yaşamaktı!

Kocamı ilk görüşte de sevmemiştim. Ve daha ilk geceden, neden ilk görüşte sevmediğimi anladım. Evin önündeki arabası kadar değerli olmadığımı, etten kemikten bir mal olarak görüldüğümü ve daima böyle kalacağımı anladım. İlk gece üstümde tepinirken canımın acısını, kalbimin korkusunu zerre düşünmedi. Oysa arabasına gaz verirken motoru boğmamak için daha nazik davranırdı. Ben bedenimi sevmez, kendime değer vermezken elin adamından saygı beklemek elbette anlamsızdı. Kimse bana kendimi sevmeyi öğretmemişti.

Fakat zamanla kendimi sevmem gerektiğini anlayacaktım!

Karşı dairemde oturan okumuş bir abla vardı. Deli doluydu, motora filan biniyordu renkli saçları ilginç makyajları ve vücudunda türlü resimler vardı. Yeni evlendiğim dönemde bana arada kahve içmeye gelirdi. Dediğine göre önce kendime değer verecek, kendi kıymetimi bilecek, sonra da bilmeyenlere bildirecektim. Herkes haddini bilecekti. Gerekirse tas tarak toplanıp gidilecekti. Peki, benim herife nasıl had bildirecektim? Esas soru buydu ve bence soru çok zordu. Bu kadınla görüşmem kısa süre sonra engellendi. Ben kimdim ki komşuyla hele de öyle tuhaf kılıklı bir kadınla karşılıklı kahve içecektim? Kimse benim ucube yaşamıma, gördüğüm şiddete, sevgisizliğime tanık olmamalıydı. Maazallah akıllanırdım, uyanırdım ve haklarımı arardım filan.

Şahit yoksa suç da yoktu!

Kocam olarak seçtiğimin beni alma sebebi belliydi. Yüzüme bakılır bir kızdım, üstelik çöpsüz üzümdüm. Anam yoktu danam yoktu. Her şeye razı, çok şeye muhtaçtım. Ablanın deyimiyle bir çeşit yanaşmaydım! Bu kelime aslında tam da beni anlatıyordu. Evliliğime ve kocama yanaşmaktan daha fazlasını beceremedim. Ruhum onun ruhunun içine girmeye fırsat bulamadı. Çünkü zaten orada bir ruh yoktu. Kısmetime düşen; doğuştan asabi, devamlı kusur arayan, yaşadığı sıkıntı ve sorunlarda sorumluluğu kabul etmeyen, kalpsiz bir meymenetsizdi. Onun hayatında yanlış giden herhangi bir şeyde sorumlu bulunamadığı takdirde bütün kabaklar benim başıma patlayabilirdi.

Hele de o, bir şeye kızıyor, söyleniyor ya da delleniyorsa ve böyle zamanlarda ben onu yeterince dinlemiyor, sallamıyor, kazara korkmuyor, önünde ezilmiyorsam... şiddetinin derecesi derhal artardı. Ya sesinin yüksekliği ya fırlattığı eşyalar... ya kırıp dökerek ya hakaret ederek ya da son kertede canımızı acıtarak, varlığını hatırlatırdı. Bize diyorum üzülerek, çünkü eziyet alanı zamanla beni aşarak çocuklara doğru genişledi.

Bana gelemediği için artık yalnızca sokakta karşılaştığımız komşu abla, yüzümdeki morlukları, gözüme oturan kanı, dudağımdaki şişlikleri farklı zamanlarda gördü ve bir gün dayanamayıp kapımı çaldı.

"Hiçbir şeye katlanmak zorunda değilsin, sığınabileceğin evler var, meslek öğrenir hayatını kazanırsın," dedi.

Çok korkuyordum, Belgin Abla'ya kem küm etsem de içimde cılız bir ışık yandı. Ara sıra gelip beni yokluyordu, korkumdan içeri davet edemiyordum. Ondan kaçtığımı anlamıştı. Konuşmalarımız hep kapı ağzındaydı. Her seferinde bana yeni bir şeyler söylüyor, kendime inanmamı, cesaret kazanmamı istiyordu. Bana kadınların ve çocukların yaşadığı evlere ait broşürler verdi, yapmam gerekenleri anlattı. Çocuklarla birlikte sefil olmaktan korkuyordum.

Benim adam, kesin izimizi bulur, arkamızdan gelir, bulduğu yerden zorla çıkarır sonrasında da akıl almaz eziyetler yapardı. Öyle bir şey olmalıydı ki arkama bakmadan çekip gidebileyim. İnsanın onu seven ve koruyan bir ailesi olması ne kadar önemliydi... ama işte. Belgin Abla taşınmadan önce bana bir iyilik yaptı bir gün elinde danteller ve şekerlerle geldi, beni bu işleri organize eden kadınla tanıştırdı. Böylece düğün şekeri işine girdim. Oturduğum yerde üç beş kuruş kazanabileceğimi bana göstermek için çırpınmıştı. Bir şekilde bu hapishaneden kendimi de çocuklarımı da kurtarmalıydım ama nasıl? Onun yaktığı ışıkla kat edebileceğim yolun henüz farkında değildim.

Benim adamın, ilk evlendiğimiz zamanlarda işlettiği kuru temizleme dükkânı çok parlak iş yapmıyordu. Daha işlek bir caddede büyükçe bir dükkâna geçip işleri geliştirince, çalışma saatleri uzadı.

Ondan iğreniyordum! Bedeninden, lanet bakışlarından, yemek yemesinden, çatlak sesinden, arabada oturma şeklinden, benimle geçirdiği her andan... İşler yoğunlaşınca yatakta ilgisi azaldı, eve gelir gelmez sızmaya başladı. Bu mucizevî uzaklaşma için şükrediyor kendimi daha iyi hissediyordum. Böylece kaçış planlarımı bir süre erteledim. Başka bir kadına kapılıp gitmesi için uzun süre dua ettim.

Yeter ki bizi bırakıp gitsindi!

Özgür olabileceğim bir hayatta, para dâhil hiçbir şey engel değildi. Oysa onun keyfini bozmaya hiç niyeti yoktu. Bu düzen, onun için idealdi. Dışarıda istediğiyle gönül eğlendirip, evde beni hizmetli şeklinde kullanmak işine geliyordu. Geceleri eve geldiğinde elinde telefon, yüzünde pis bir gülümseme saatlerce yazışıyor, normal bir şey için sesleneсek olsam hayvanı andıran bağırtısıyla cevaplıyordu. Kadınların gönderdiği mesajlar bazen geceleri telefonunun ekranına düşüyor, onun ortalıkta olmadığı zamanlarda bir şeyler görmek umuduyla telefonuna bakmaktan kendimi alamıyordum. Ne yazık ki kimseyle ciddi bir ilişkisi yoktu, sadece gönül eğlendiriyordu. Zaman akıp gidiyor, esaretim devam ediyordu.

O, özgürlükle arama giren bir parmaklıktı. Bu parmaklıklardan kurtulmanın bir yolu olmalıydı!

Sanırım hayatımda aldığım en isabetli karar para biriktirmekti. O ablanın teşvikiyle düğün şekeri yapmaya ve kazandıklarımı biriktirmeye başladım. Damlayan üç beş kuruşla bir servet yaratacak değildim elbette. Yine de sabırla, dişimden tırnağımdan artırdığım her kuruşu kenara koydum. Adamın bıraktığı paraları dikkatli kullandım, artırdım. Hayatı aza razı olmakla geçen biri için para biriktirmek çok da zor değil. Azimli birikimim seneler sonunda kendi kendine çoğaldı ve bana tuhaf bir güven vermeye başladı. Yine de bu para, zor bir anda ancak ilk yardım simidi olabilirdi. Oysa içine atılmayı planladığım yaşama ait bilinmeyenler denizinde çocuklarla ayakta kalmam için çok daha fazlası gerekiyordu.

Adamın şiddeti, yaşlanıp para kazandıkça arttı. Beni aşağılamaktan, başkalarının önünde küçük düşürmekten özel zevk alıyordu. Ben onun şamar oğlanıydım. Bir müşteri kapris mi yaptı? Arabası aniden ve beklenmedik bir şekilde mi bozuldu? Dükkân sahibi kirayı çok mu artırmak istedi? Eleman işini mi aksattı? Bütün aksaklıkların hırsını tek tek ya da topluca benden çıkarabilirdi. Akşam yemekte ya da sabah kahvaltıda kıldan tüyden herhangi bir sebeple, biriken öfkesi bir fırtınaya dönüşür, fırtına sonunda herkes payına düşeni alırdı. Kendimi savunmaya çalıştığım zamanlarsa onun, şiddetini haklı gördüğü anlara dönüşürdü. Böyle anlarda kendimden nefret ederdim. Yaşadığım hayattan utanırdım. İki binli yıllarda yaşasak da ben bir tür köleydim. Ve bu köle her geçen gün daha büyük şiddete maruz kalıyordu. Artan şiddetle beraber özgürlük tutkum çığ gibi büyüyordu. Bir çıkış yolu arıyordum. Ne yazık ki kendimi bildim bileli temel hayat meselem şuydu:

Hayatımı zindan eden esaretten kurtulmak!

Bir gün çocuklarla oturmuş televizyonda macera filmi seyrediyorduk. İşten erken geldi ve sordu:

"Ne var yemekte?"

"Dolma, çorba, salata, turşu."

"Dolma neli?"

"Zeytinyağlı."

"Niye etsiz yaptın?"

"Böyle denk geldi sonrakini etli yaparım."

"Önüme etsiz yemek koyma demedim mi sana?"

"Çok lezzetli, ince ince sardım."

"Başçavuşun eşeği mi konuşuyor lan burada?"

"Tamam bundan sonra hep etli yaparım."

"Siz zıkkımlanın, ben çıkıyorum."

Kapıyı çarptı gitti.

Filmi seyretmeye devam ettim. Seyrettiğimiz animasyonda kadın kahraman hapsedildiği adadan kaçmaya çalışıyordu. Kendini tutsak edenlere hazırladığı yemeklerin içine gizlice karışımlar eklemeye ve onları yavaş yavaş zehirlemeye başladı. Nihayet hepsini öldürüp hapsedildiği adadan yüzerek kaçtı.

Bir anda ışık yandı... Madem benim hayatım saygısızca çalınıyordu, ben de onunkini çalacaktım. Fakat aceleye gerek yoktu. Başarılı olmak istiyorsam, planımı sabırla, yavaş yavaş kimsenin dikkatini çekmeden hayata geçirmeli, iz bırakacak her türlü acemilikten kaçınmalıydım. Bu arada başkalarına zarar vermeden ilerlemek pek önemliydi. Özel yöntemler bulmalıydım!

Uzunca bir süre gözlem yaptım. Giydiği, kullandığı, oturduğu her şeyi yakından inceledim. Günlerce kafamda kurdum. Yapacaklarım öyle şeyler olmalıydı ki benimle ilgili en küçük şüphe uyandırmamalıydı. Önce ayakkabılarını gözüme kestirdim.

Ayakkabısının astarında içeriden ulaşabildiğim dikişleri dikkatle sökerek zamanla patlamasını sağlayan bir yöntem geliştirdim. Altı kösele olmayan spor ayakkabıların yumuşak tabanlarına yorgan iğnesiyle görünmeyen delikler açarak suya ve çamura dayanıksızlaştırdım. Kullandığı gözlüklerin saplarındaki vidaları gevşettim. Bel kemeri tokasının dilini hafifçe eğdim. Pantolon, hırka ve kabanlardaki fermuarların dişlileriyle oynadım; birini kestim, diğerini eğrilttim ya da bozulmaya uygun hale getirdim. Gömleklerindeki düğmelerin dikişlerini gevşettim. Pantolon paçalarının katlarına, ön arka ağının dikişlerine dışarıdan bakınca anlaşılmayan küçük kesikler attım. Arabanın anahtarını gelişigüzel zımparaladım. Kullandığı jiletleri, yün bluzların tiftiklerini almak için kullandım, azalan saçlarını beslemek için kullandığı karışımın içine sirke damlattım. Kullandığı şampuanın içine çocuklar için ara sıra kullandığım bit şampuanından damlalar ekledim.

Hayatında kullandığı her nesne, elimden o ya da bu şekilde geçiyor, yeni buluş ve eklentilerle ona geri dönüyordu. Bunları birbirini takip eden günlerde yapmıyor genelde düzensiz aralıklar veriyordum. Bir hafta giysilerle problem yaşadıysa diğer hafta arabasıyla ve öbür hafta saçıyla mücadele ediyordu. Problemlerin farklı alanlarda ortaya çıkması önemliydi. Bu organize faaliyetler sırasında bazen vicdanım sızlasa da bana ve çocuklara gösterdiği kötü davranışları kendime hatırlatarak içimdeki sesi hızla yatıştırıyordum.

Çok dikkatli çalışıyordum. Aynı şeyleri tekrar etmekten kaçınıyor, hayatının her noktasında yeni bir aksilik alanı yaratmak için onu hafiye gibi takip ediyordum. Zaman içinde, ayağında paralanan, tabanları ayrılan ayakkabılar, gözünde kırılan gözlükler, kontağa girmeyen anahtarlar, patlayan lastikler, dökülen saçlar, kopan- yırtılan- açılan- sökülen giysiler ve benzeri sinir bozucu olaylar onu delirtmeye ve çileden çıkartmaya başladı.

Art arda yaşanan terslikler asabiyetini devamlı besliyordu. Bunlar zamanla öfke patlamalarına sebep olmaya başladı. Kabak elbette önce benim başıma patlıyordu. Nasibimi fazlasıyla alsam da vazgeçmedim. Zaman içinde yılmadan devam ettirdiğim girişimler, karşı tarafın gücünü zorlamaya başladı. Artık beklenen tepkileri göstermeye mecali kalmamıştı. Sanıyorum gizli gizli Allah'tan korkmaya başlamıştı. Ben kendime düşen rolü devam ettiriyor, istediklerini ikiletmeden yapıyor, ayakkabı üreticilerinin rezilliğinden, terzilerin sefilliğinden, başkalarının yaşadığı benzer -çakma- deneyimlerden bahsederek en yardımsever hallerimle problemini çözmeye çalışıyordum. İkimiz de gayet -ben güya- farkındaydık ki ısrarlı bir uğursuzluk bulutu üstünden ayrılmıyordu. Böylece esnaf ağabeylerinin de önerileriyle cumaları namaza gitmeye başladı.

Gariptir, başına gelen kötülüklerden korktuğu için dua etmeye başladı.

Çalışmalarım devam etti. Her türlü aksiliğin tesadüf eseri oluştuğu izlenimini verecek uygun buluşlar yapmak ve makul zaman aralıklarında oluşmalarını sağlamak için aşırı özen gösteriyordum. Zaman içinde, başına umulmadık anlarda gelen bütün anlamsız ve açıklanamaz olaylardan ötürü sürekli olağandışı şeyler yaşamayı bekleyen tedirgin ve korkak bir adama dönüştü. Geçmişteki korkusuz, kaygısız, acımasız ve umursamaz adam gitmiş yerine hayattan bir şeylerin devamlı ters gitmesini bekleyen kaygı kumkuması bir deli gelmişti.

Artık akşamları beni rahatsız etmeye gücü olmuyordu. Bu arada ben de ayakkabı, gömlek, kemer, pantolon gibi özel eşyalarına yönelik çalışmalarımı sonlandırmış dikkat çekmeden yeni alanlara yönelmiştim. İş yerine gidebilseydim aslında çok daha iyi olacaktı. Fakat gerek kalmadı!

Uğursuzluklar yenilerini çekti ve yaşanan her şeyin toplamı gibi daha büyük bir şey oldu. Büyük bir dalgınlık eseri fena bir araba kazası yaptı. Aslında aynaları yeterince kontrol etse hafif atlatabilecekken kafasını yardı ve sağ bacağını kırdı. Durumu ciddiydi, hemen ameliyata alındı.

Karmaşık duygular içindeydim. Bu kaza tamamen onun dikkatsizliğinden kaynaklansa da uzun süredir yaşattığım aksilikler fırtınasının etkisi olmadığı söylenemezdi. Yoğun bakımda yattığı bir hafta boyunca ister istemez durumuna üzüldüm. Bir süre hastanede başında durdum. Normalleşince, gündüzleri yanında durup akşamları eve döner oldum. Bu sırada dükkân bir hayli ihmal edildi. Durumu biraz düzelir gibi olunca dükkânın başında duracak birisini aramaya başladık. Ben yapabileceğimi söylesem de ciddiye almadı. Bütün akrabalarını aradı. Oysa kimse, parası karşılığında bile onun dükkânında çalışmak istemiyordu.

Eve çıktı. Başı iyileşmişti ama ayağı iyi değildi. Hiçbir şeyle ilgilenecek hali ve sabrı yoktu. Dükkândaki çırak işleri tek başına yürütemiyordu. İşleri yola sokmak için sabahları dükkâna gidip gelmeye başladım. Önce kem küm etse de benden başka yardım edebilecek biri yoktu. İlk başta biraz bocalasam da yavaş yavaş öğrenmeye, sonra da çekip çevirmeye başladım. İşleri, müşterileri toparladım, zamanla her şeyi oturttum.

Onun uzun süren yokluğu boyunca dükkânın geleni gideni fazlasıyla arttı, güler yüzlü hizmetimle bol para gelmeye başladı. Ben de böylece bir yandan yavaş yavaş paramı biriktirmeye devam ettim. Hem artık bir iş kadını olmuştum. Çocuklarım büyüyordu. Onunla uğraşmaya, uğursuzluk planlamaya vaktim yoktu. Önemli ve öncelikli işlerim vardı.

Ona gizli ve planlı bir şiddet uygulamıştım ama "görünen" şiddeti yenmenin normal bir yolunu bulamamıştım. Allah da bunu biliyordu elbet! Duyduğumuz haberlerde kadınlar ne diyordu hem: "Ben öldürmeseydim o beni öldürecekti!" Ayrıca ben onun canına kastetmemiş, sadece enerjisini düşürmüştüm... O kadar!

Hayatındaki uğursuzluk bulutu bu kazayla ortadan kaybolmuştu ama bıraktığı iz derindi. Bacağına takılan platinle eskisi gibi yürüyemiyordu. Devamlı başı dönüyordu ve denge problemi vardı. Aradan geçen bir sene zarfında kendini toparlayamadı. İşleri yürütmem aslında onun da işine geliyordu. Hayatımız bu şekilde bir süre daha devam etti.

Ne olduysa oldu, bir gün bütün gücünü topladı ve aksayan ayağına dönen başına rağmen hiç beklemediğim bir anda kalktı dükkâna geldi. Çok şaşırdım. Görüntüsünden kendini daha iyi hissettiği belliydi.

"Eve git," dedi.

"Yardım edebilirim," dedim.

"Eve git dedim sana!" dedi bağırarak.

Hiçbir şey demeden eve yollandım.

O günden sonra birbirimizi son kez mahkemede gördük. Beni eve gönderdiği gün eve gidip bavullarımı topladım, çocukları da alarak uzun süredir yaşamayı planladığım kasabaya doğru yola çıktık.

Kendime senelerdir biriktirdiğim paralarla bir dükkân tuttum. Bir ev açtım, dayadım döşedim. Dükkâna makineler ısmarladım. Açtığım kuru temizleme dükkânının başına geçtim ve kısa bir süre sonra boşanma davası açtım.

Mimoza Leyla

Saç baş dağınık, balkon kapısında durdu. Röfleleri pişmaniye kıvamına gelmiş, göz kenarındaki kaz ayakları enlene boylana kulaklarına doğru yürümüştü. Bunları kapatmak için yaptığı koyu makyajı silmeden balkoncuğuna oturmazdı fakat sabahın pek bir körüydü. Leyla'yı kimse görür müydü? Belki bokunu yiyen kargalar. Görenlerin de canı cehenneme gitsindi. Balkondaki boynu büküklere baktı. Kırık dökük saksılar, Nuh Nebi'den teneke kutular, oradan buradan araklanarak küçümen sürgünlerle güneşe terk edilen yavrucaklar -eğreti yuvalarında cırılmış, kurumuş, kavrulmuşlar. E be Leyla'nın teeee galbi, e be teee beyni ve taaaaaa rahmi kurumuş kavrulmuş ya! Hal böyleyken tek bir damla su vermeye mecal kalır mıydı?

Bir elinde cigara diğerinde ince bellisi, sokağa nazır balkonunda kolu kırık sandalyesine çöktü. *Tabla alaydın ya karı.* Kendi kendini cevapladı fısıltı: *Küllüğünü yiyeyim atasın be aşağıya!* Cigarasını silkelerken elciği çarpmasın mı balkon demirine sarılı rafyaya. Limelenmiş bez haşırdadı tozlar yaya yaya. *Güneş seni de yemiş, değiştirenin anasını siksinler.*

Her şeyi düşünmek bir nevi eza: Balkondaki, mutfaktaki, odadaki, buzdolabındaki! Eskiyenler çöpe gitmeli çöpe atan varsa eğer ki! Zamanı dolunca o da çöpe gitmeyecek mi? Posasını da kim, nereye, nasıl atarsa! Ruhu özgürce uçtuktan sonra... Leyla'dan sonrası tufansa -gerçi öncesi de tufandı ama- ölüm denen meret tatlı bir sorumsuzluk, hatta büyük deva, kimsenin ona erişemeyeceği kutsal bir oda.

Sokağın başındaki mimozadan yayılan rayiha, aniden değdi burnuna —ah işte bu, yeni doğan günün ve köşedeki ağacın ikramı değil miydi? Çok şükür ki hayatta herkesin görmeyi, duymayı, yemeyi çabasızca hak ettiği nimetler, goca dünyanın insan ayırmadan sunduğu beleş sürprizler vardı!

Leyla elli senelik varlığının, aklına nüfuz ettirdiği muzip bir kavrayışla; hem kahpe ölüme hem de hayatın tuzu kuru dirilerine inat, burnuna çarpan şahanenin şerefine, bütün heybetiyle coşar mıydı?

"Ulan gurbanın olsun sana bulgariler, hermezler, şeneller... yerim teeeee pipindeki sarı çiçeği ulennnnnn..." diye böğürdü.

Duyan duysun, duymak istemeyen kulaklarını eteğiyle tıkasındı.

Havayı içine çekip "Ohhhh..." dedi. Hava bedavaydı. Ve yanında değme parfümler halt etsindi. Kimse soluduğu havayı bir kavanoza dolduramaz, saklayamaz, biriktiremezdi. Mutluluk denilen nane işte tam da o anda bu kokuyu fark edenin ve içine buram buram çekenindi.

Ölüm bir süre daha bok yesindi!

Bir daha içine çekti.

"Ohhhh beeee..."

Be'yi uzatırken ayaklarını da uzattı. Kıçı ve kukusu ağrıyordu. Gecenin son piyangosu bir dombalak, ağzına sıçmıştı. Minik pipili bazı gerzekler bütün ağırlığını kadına verirse, şeyi içine daha çok girecek sanırdı. Herifin şeyi bamya kadardı, gariban napsındı, aslında ağızlıktı da Leyla'nın ağızla işi olmazdı. Ağır sanayi işçiliğiydi onunkisi, seks meks hikâyeydi. Onun verdiği hizmet amme hizmetiydi... kolay mıydı? Kokanı, akanı, belalısı, ağlayanı, bağıranı boku püsürü bir yana bir de heriflerin çeşit çeşit zamazingoları vardı. Zargana gibi incesi, ayı gibi irisi, maymun gibi kıllısı, direk gibi deleni, boncuk gibi minisi -ki onlara pek acırdı özel muamele lazımdı. Bir sürü amcık ağızlı kendini erkek sanan hergele geçmişti üstünden... kaç tane olmuştu on dördünden beri? Bir keresinde hesap yapmıştı sonra çıkan sayıdan korkup bir daha hesap filan yapmamıştı. Öyle fazla korkusu filan yoktu ama en çok yolda tanınmaktan çekinirdi. Birilerinin gözü ısırıp da bulaşmasın diye başını kaldırmadan yürürdü sokakta, çarşıda. Nesine lazımdı, öyle olur olmaz yerde, insan içinde... bir gün evvel üstünden geçen zübükle göz göze gelmek filan! Allah korusundu.

Sokaktan bir araba geçti:

"Ben de özledim ben de..." diyordu Ferdi, sesi iyice açmıştı içindeki pezo.

Sonra otoparkçı Mebrure üstünde kat kat hırkası karşı kaldırımdan geçti, Leyla'ya uzaktan el salladı. Bu kadını ne çok severdi Leyla. Çile çekmiş kadındı Mebrure. Hem öğretmendi hem işçiydi, Allah'ın kulunu ayırmaz, kayırmazdı. Oğlu Tuncer, Leyla'ya kaç kere yardım etmiş, gece sokak kenarlarından eve taşımıştı. Allah onlardan kat kat razı olsundu. Böyle insanlara derin saygısı, bin bir hayır duası vardı Leyla'nın.

"Canım aplam günaydın," diye seslendi."

"Otoparkçı kadın el edip kocaman bir "Günaydın," ile karşılık verdi.

O sırada "Napıyon kız?" diye seslendi biri Leyla'ya.

Ses aşağıdandı.

"Gız Aysel?"

"Hee."

"İşten geldim, çay içiyom."

"Sabahçı mısın?"

"Akşamcıyım, sapahçıyim napcen... Sen niye erkencisin de bakem?"

"Oğlan gidiyor."

Oğlan gidiyoru duyunca irkildi, kaykıldı, dikildi Leyla. Merakını göstermeden sormanın yolunu düşledi. Sonra hayaline; uzun kumral saçlar, geniş omuzlar, tüysüz iman tahtası, tatlı kutu popişler, taşlı küpelerin süslediği minnoş kulaklar, ince uzun biçimli bacaklar, kemikli narin ayacıklar üşüştü. Ve bir gece kenarından kanlar akan güzel dudacıklar.

Az sessizliğin ardından dayanamadı sordu:

"Nereye gönderiyon çocuğu lan Aysel?"

"Yeme beni Leyla, oğlanın lafını duyunca karıştın... pek seviyon benim bebemi nedense. Demin beri eşeleniyon nasıl desem diye!"

"Merak ettim yahu!"

"Sana ne... Yakarım ha!"

Leyla gıcık olsa da kıkırdadı, "Siktir git," dedi.

"Sen kimsin de benim oğlumu merak edersin."

"Niye etmeyim? Zavallıyı dövüp sokağa çöp gibi attıydınız ya... garibanın sesini duydum da aldım içeri... sabaha kadar gucağımda ağladı beben... yaaa... vicdansız Aysel garısı!"

"Babasıyla takışıyor arada sana ne? Sen kimseylen takışmadın mı hiç ruspu?"

"Babasıyla dagışıyormuş... bi siktirin gidin!"

"Esas sana yallah!"

...

Durdular.

...

Az sessizliğin ardından Leyla dayanamadı:

"Desene gı nereye gidiyor?"

"Askere gidiyor benim oğlum, askere!"

"Lan geri zekâlı Aysel... gomutana diyemedin mi oğlum yok gızım var diye!"

"Sen nasıl daşaklı bir ruspusun onu diycem komutana, gelsin hesabını görsün!"

"Gız var ya... yeminlen... atarım gızgın yağlar... gapak yapar tepeli tavuk gibi gıt gıt gezersin... ana gılıklı şırfıntı."

...

"Anneeee," dedi ince bir ses aşağıdan.

"Gezbaaan," diye inledi yaşlı kocakarı yukarıdan.

Cebelleş, bıçaklan kesildi, kadınlar balkondan içeri kaçtı.

Leyla yani Kezban, yarı yatalak anasını kolundan tutup helâya götürdü. Aysel oğluna menemen yaptı. Leyla anasına yumurta kırdı. Aysel askerlik şubesinden gelen yazıyı oğluna verdi. "Böyle gitme, inciğini boncuğunu, burnundakini çıkar, bol pantolon giy, berber bekliyor seni geç kalma hemen git," dedi. Oğlan önce omuz silkti, sonra takılarını, taytını çıkardı, bol bir pantolon geçirdi ayağına.

Leyla televizyonu açtı. Müge Anlı'yı bulana değin zapladı. Bir gün bu programda boy göstermeyi ister miydi? İsterdi istemesine de herkese talih Kezban'a kör Salih düşmüştü. Yaşadığı hayatın hesabını nasıl verir, nasıl koşulsuz sevgi beklerdi? Afrika çiçeği isimli kızı, ya annesini yakından tanıyınca utanırsa? Kezban yaşamına devam edebilir miydi?

Oğlan kolunda çantası sokağa çıktı. Kapı gıcırtısını duyan Leyla balkona koştu. Aysel balkondan düşeyazan Leyla'ya, aşağıdan pis pis baktı. Leyla, Aysel'e nanik yaptı. Aysel oğluşunun arkasından su döktü. Leyla, Aysel'e nispet, uzun uzadıya yola baktı. Oğlan sarı çiçekli ağaçların arasından çantacığıyla nazlı nazlı yürüdü. *Mimoza oğlan* dedi Leyla usulca. Aysel onu duymadı -bir eli belinde diğerinde plastik sürahi, Leyla'ya kıl kıl bakmaya devam etti. Rüzgâr yapması gerekeni yaptı, Leyla'nın burnuna dünyanın sevgili kokusunu yetiştirdi. Leyla kokuyu içine doya doya çekti, kalbi sarı sarı pırpırlandı. Yüzü güldü, içeri girdi, televizyonu kapattı.

Sıradan Bir Gün

Hayatımdaki sıra dışı olayların meydana geldiği sıradan günlerden biriydi.

Deniz kenarında, kahvaltı mekânlarına yakın otoparkımızda aşırı yoğunluk vardı. Senelerim araba park etmekle geçti diyebilirim. Ancak son iki senedir hafta sonlarını kendime tatil ilan ettim. Emekli ve yaşlı bir kadının yaz kış demeden dışarıda çalışması akıl işi değil. O gün aksi gibi çalışanlardan birinin ayağı sakatlanmış, iş başa düştü ve bu mücbir sebeple sahalardaki yerimi aldım.

Otoparkın arsası eşimden kaldı. Senelerce ev yaptırmayı düşündük ama bir türlü olmadı. En sonunda otoparka çevirdik. İlk zamanlar pek iş yapmasa da zaman içinde işler artınca ev yaptırma sevdasından vazgeçtik.

O gün, güneşin uzun süredir göstermediği yüzünün hayrına ayrı bir kalabalık vardı. Böyle zamanlarda çalışanların başlarında durup işi gözetmek bir yana, park etmiş arabaları en arkalardan çıkarmak ve yeni arabaları kabul etmek tıpkı bulmaca çözmeye benziyor.

BMW cip kapıya geldiğinde hiç boş yer yoktu. Uzun bir süre park yeri aradığı ve arabayı bırakmak için sabırsızlandığı, direksiyonda oturan asık suratlı yaşlı adamın her halinden belliydi. Neyse ki aynı dakikalarda arabasını otoparktan almak isteyen başka biri çıktı ve yer açıldı.

Cipten inen adamın ve kadının her halinden kalburüstü bir yaşamdan geldikleri belliydi. Adamın gençliğinde yüzüne bakılır biri olduğunu, kadının da konken masası müdavimlerini andırdığını düşündüm. Aralarında epey yaş farkı vardı sanki. Kim oldukları umurumda değildi, otoparkta çalışan eleman da fabrika sahibi de benim için aynı.

Oğlum, anahtarı üstünde bırakılmış cipi üst sokaktan dolandırana kadar ben de içeriden diğer arabaları sırasıyla ön tarafa çıkaracak, arabasını almaya gelene teslim edecektim. Biz bir yandan oğlumla plan yapaduralım kadın ve adam etrafı beğenmez gözlerle süzüyor, "buraya ait değiliz" bakışları atarak sevimsiz edalarıyla bekliyorlardı.

Tam "Ne zaman çıkmayı düşünüyorsunuz beyefendi?" diye sorarken, benim oğlan aynı anda adamın orta halli bir ev değerindeki arabasına atlamış, bana yer ve zaman kazandırmak amacıyla yapacağı mini tura çıkmak üzereydi.

Adam soruma, yüzüme bakmadan "Zaman kısıtı mı var?" sorusuyla çıkışmayı andıran bir cevap verdi.

"Sabaha kadar da bırakabilirsiniz beyefendi ancak süreyi bilirsek yerini ona göre ayarlarız," dedim.

"Sen kolay bir yere koy her hâlükârda, işimiz belli değil bizim," dedi mutsuz ifadesi ve emir verici üslubuyla bana ikinci tekil şahısla hitabı uygun görerek.

Ben de ona "Peki siz bilirsiniz," dedim, ikinci çoğul şahısla.

Tekerleklerinden gıcırtılar yayan cip, yan sokağa saptı. Adam arabanın arkasından şaşkın şaşkın bakıyordu.

"O adam nereye götürüyor arabamı?" diye sordu heyecanla.

Telaşlanmıştı. Hemen atıldım, "O adam, benim oğlum... Ben diğerini çıkarıp teslim edene kadar iki dakika üst sokaktan dolanıp hemen buraya dönecek. Görmüyor musunuz yer yok, yoksa sizi kabul edemeyiz," dedim ve giriş saatini yazdığım kâğıdı uzattım.

Çok tatmin olmasa da konuyu uzatmadı. Yaşlı adam kâğıdı alırken yüzüme bile bakmadı ve önündeki kokoş sarışının arkasından yavaş yavaş yürümeye başladı. Gözüm gayri ihtiyari onlara takıldı.

Gariptir ne kadar itici görünse de adamın sesinde de duruşunda da adını koyamadığım bir aşinalık vardı. Oturduğum direksiyonda bir an durup arkasından baktım. Aksamıyordu ama sanki bir ayağı diğerine göre eğriydi. Birden beynimde şimşekler çakmaya, yüreğimde sular kabarmaya, midemde iğneler dans etmeye başladı. Şaşkınlık, merak ve hüzünle savrularak geçmişin silik anılarının arasında kayboldum. Neredeyse önümdeki arabaya çarpıyordum.

Bu eğrilik? Tuncer... Tuncer olmasın sakın! O! Tabii ki o...

Gençliğim, yaşlı ve huysuz bir adam olmuş, sarışın bir kadının arkasından uzaklaşmıştı. İlk öpüştüğüm, ilk elini tuttuğum erkek. Şaka gibi. Ne kadar çökmüş. Nasıl keyifsiz gözüküyor. Sanki hayat bana değil ona tokat atmış.

İnsanın geçmişi insana yabancı gelir miymiş? Gelirmiş. Yüzüme bile bakmadı. Tabii beni sıradan bir kadın sandı. Hem zaten ben, sıradan bir kadınım. Her şeyim sıradan ve basit. Evim basit, işim basit, günlerim basit. Aslında hayat dediğimiz şey bence gayet basit.

Öğretmenliği kazanıp okula başladığım sene Tuncer, idari fakültenin "Ekonomi" şubesinde ikinci sınıfta okuyordu. Sıradan bir gün, okul kantininde tesadüfen tanışıp tam iki sene birbirimizden kopmadık. Ta ki o, okuldan mezun olana kadar.

El ele verip saatlerce sokaklarda yürür, kahvelerde göz göze otururduk. Beyazıt'ta arkadaşlarla birlikte kitapçılarda zaman geçirir, birbirimize şiirler okurduk. O zamanlar bir yandan da zorlu yıllar. Çatışmalar, mahpusluklar, kayboluşlar. Hızlı akan kanların hezimeti yazık ki kanlı bir yaprak dökümü oldu. Tuncer'in naif bir yapısı vardı. Sağ ayağındaki kas yapısından ötürü yürürken hafif aksardı. Bu yüzden koşturmaya meraklı değildi. Meraklı olan, beni arkasına her fırsatta kuyruk yapan ağabeyimdi. Onun sayesinde öğrenci derneklerine, apansız toplantılara, sokak dalaşlarına bulaştım. Bir iki kere gözaltına alındık. O zamanlar içeri girmek şandan sayılırdı. Tuncer'in bana gizliden gizliye özendiğini, yanımda olmak istese de kendine güvenmediğini ve ailesinden çekindiğini biliyordum.

Tuncer mezun oldu. Beni ailesiyle tanıştırmak istedi. Yeniköy'deki evlerine gittik. Beni soru yağmuruna tutan annesine en çok Nazım'ın şiirlerini sevdiğimi söylemekte bir sakınca görmedim. İnci kolyeli zarif annenin, boyası solmuş erkeksi çizmelerimi, ağabeyimle bir örnek yeşil parkamı burun kıvırarak incelediğini bugün gibi hatırlıyorum.

Tuncer yurt dışına gideceğini söylediği sıralarda, olaylar ayyuka çıkmıştı. Ağabeyimin içeri girmesiyle birlikte ailecek hayatımızın odak noktası değişti. Bu yüzden ne Tuncer'in gidişini takip edebildim ne de bizi bekleyen geleceği tahmin edebildim.

Tuncer, İngiltere'de King's College'de yüksek ekonomi okuyacaktı. Ailesi onu yurt dışına göndererek, hem benden hem de ülkenin karışık ortamından korumuş olacaktı sanırım. Bir süre mektuplaştık. İlk önceleri özlemle, sonra sonra mektupların kökü kurudu.

Ağabeyim senelerce içeride yattı. İlk seneler mutlaka her görüşe giderdim. Mahpus arkadaşı Mehmet'le bu sıradan görüşler sırasında tanıştık. Okulu bitirip öğretmenlik stajı yapmaya başladığım seneydi. Mehmet, içeriden ağabeyimden önce çıktı. O da aynı yerde kendi ağabeyini ziyarete gelip gitmeye başladı. Bu görüş günlerinde samimiyetimiz ilerledi. Tuncer'den uzun süredir haber alamamıştım. Mehmet'le zamanla gelişen arkadaşlığımız romantik bir boyut kazandı. Evlilik teklifini düşünmeden kabul ettim. Bazen insan hayatına dair önemli bir kararı sıradan bir şey gibi ele alıyor. Hâlâ o kararı nasıl verdiğimi düşünüp, kendime şaşarım. Bir süre sonra Tuncer geçmiş zamanda asılı kalmış bir hayalete dönüştü. Eski sevgilimi bir rüya gibi gençliğime gömdüm.

Fakat onunla bir kere daha yine sıradan bir gün Beyoğlu'nda karşılaşacağımı hiç tahmin etmemiştim. İngiltere'den dönmüş, iyi bir işe girmiş. Beni yolda gördüğüne öylesine sevinmesine rağmen aynı heyecanı bende görmeyince çok üzüldü.

"İngiltere'de son zamanlarımda sana yazamadım diye gücendin değil mi Mebrure?" diye sordu.

Sitem etmek anlamsızdı, hatta konuşmak da.

"Kısmet böyleymiş," dedim.

Elimi tuttu, dondum çekemedim, "Fakat bir dinlesen bana nasıl hak vereceksin Mebrure, biliyor musun ben seni hiç unutmadım," dedi ve bıçağı yüreğime sapladı. Ve sonra "Ne zaman görüşürüz?" diye sordu kocaman bir heves ve doludizgin bir coşkuyla.

Ne halde olduğumu, nasıl baktığımı bilmiyorum ama ona bu soruyu sordurtan bir ışık vermiş olmalıyım. O ana kadar dökümlü paltomun altındaki beş aylık karnımı ve cebimde sakladığım alyanslı elimi görmemişti.

"Ben evlendim," demeye dilim varmıyordu.

"Görüşmek istemiyorum," demekle yetindim başımı öne eğerek, cevap vermesine olanak tanımadan hızla uzaklaştım. Arkamdan bakakaldı. Ondan intikam almaya çalıştığımı düşünüyor olmalıydı. O karşılaşmadan kısa bir süre sonra ortak bir arkadaşımıza uğramış ve beni sormuş. O zaman umudunu tamamen kesmiş olmalı.

Oğlum üç dört yaşlarındaydı, Mehmet anlamsız bir kavgaya karıştı ve yeniden içeri girdi. On sene daha yattı. Afla dışarı çıktığında hem hayat ona hem de o hayata yabancıydı. Kendini içkiye verdi. Otopark fikri o zamanlar ortaya çıktı. Ailesinin yıkılan evinin arsasını, Mehmet'e işyeri yaptık. O zamanlar sahil kenarı bu denli popüler değildi. Mehmet sabahtan akşama kadar arsadaki minik kulübede içer, makrome örer, boncuk dizer, bazen bir şeyler çizip boyardı. Arada birkaç araba park ederdi üç beş kuruş alırdı. Yılların Mehmet'in içine işlediği esaret, varlığını dışarıda da devam ettirdi. Sonra sıradan bir gün, yaşamın ağırlığına dayanamadı ve çektiği ıstıraba son verdi. Kaybetmeyi kanıksamıştım, onu da diğer kaybettiklerimin yanına gömdüm.

Otopark uzun süre boş kaldı. O dönem öğretmenliğe devam ediyordum. Hiç unutmam birkaç defa boş arazide okul kermesi filan yaptık. Sonra birdenbire talep arttı. Eski semt, yeni lokantaların ve kahvaltı mekânlarının açılışıyla birdenbire gözde bir muhite dönüştü. Emekli olmuştum. Oğlum büyümüştü, üniversiteye hazırlanıyordu. Para lazımdı. Otoparkı canlandırmayı kafaya koydum. Kulübeyi yıktık, yer açtık.

Otoparkı işletmeye başlayalı on beş seneyi geçti. Kendi kendime öğrendim araba sürmeyi. Sadece otoparkta ve mahallede kullanıyorum, yoksa arabayla filan hayatta işim olmaz. Otoparkın müşterilerini hayata benzetiyorum bazen. Beklenmedik bir anda geliyor, beklenmedik bir anda gidiyorlar. İstemiyorsun zorla giriyor, istiyorsun gelen olmuyor. Bazen de her şey kördüğüm oluyor. Oysa ısrarcı olmayıp etrafta şöyle bir turlayıp tekrar uğrayan, umulmadık anda bir boşluk yakalayabiliyor. Fakat kimi zaman onca hesaba rağmen açıkta kalabiliyor. Aslında burası "hesapla çarşının" bir türlü birbirine uymadığı kendi halinde küçük bir evren!

Çok düşündüm, niye Tuncer'den haber almak için çaba göstermedim niye gidip Mehmet'le evlendim diye. Tuncer'in annesinin ayakkabılarıma diktiği bakışları unutamadığım için belki de kim bilir. Beyoğlu'nda karşılaştığımız o sıradan günde, dinlemeye yüreğimin yetmediği hikâyesini ne çok merak etmiştim oysa... O halimle onu haklı ve affedilebilir bulmak beni çok üzecekti biliyordum.

Düşüncelerimden sıyrılıp, otoparktan çıkmaya çalışan bir aracın yanına gidip yardımcı oldum.

"Gel, gel, gel. Sola çevir, direksiyonu iyice kır. Dikkat edin sola dönerken. Sağlı çıkın. Demir çubuk var!"

O sırada oğlumun, BMW cipi en ön sıraya park ettiğini fark ettim. Oğlum, benim hayata bağlanma noktam. Babasızlığına rağmen hep hayırlı bir evlat oldu -hafta içi küçük sahafında çalışır, hafta sonu anacığına yardım eder. Akşamları bazen taksiye çıkıyor insan sever oğlum, müşterilerle dünyayı tanıyormuş, öyle diyor.

Üç dört saat geçmiş olmalı, bir de baktım bunlar geliyor: Adam önde, kadın arkada mutsuz suratlarıyla! Geldiklerinden daha kötü görünüyorlardı. Belki de tartışmışlardı. Tanır mıydı beni Tuncer? Otuz kilo almış, kamburu çıkmış, erkek gibi kısa saçlı, üstü kat kat hırka, eski emekli öğretmen yeni otopark işletmecisi yaşlı Mebrure'yi nasıl tanısın Tuncer? Kaldı ki ayağı aksamasa ben onu tanıyacak mıydım?

Anahtarı tahta kutudan alıp "Yola çıkarayım arabanızı," dedim.

Ağırlığımı yeni kokan yüksek cipin içine zorla sokuşturdum. Özel yapım olduğu belli ceviz konsol, pırıl pırıl deri koltuklar, ışıldayan iç mekân, fonda iddialı bir kadın parfümü kokusu. Her şey özel, pahalı ve ısmarlama... Arabayı önlerine getirip, iri gövdemi siyatikli bacağıma rağmen zorla aşağıya attım.

"Buyurun," dedim gülerek. Baktım adam cüzdanını çıkarmış. "Ne kadar?" diye sordu, her zamanki gibi gözlerini kaçırarak.

"Yüz yetmiş beş lira," dedim.

"Ne kadar pahalı," diye homurdandı.

"Canınız sağ olsun," dedim.

İki yüz lira uzattı. Ceplerimi karıştırdım. Aksi gibi bozuk yoktu. Para üstü vermemek için rol yaptığımı düşünmesini istemiyordum.

Yüzüme bakmadan suratını ekşiterek "Üstü kalsın..." dedi.

"Tunceeeer," diye sesim yettiğince bakkala doğru bağırdım. Sonra da bin pişman oldum. Oğlum bakkaldan çıkıp yanıma geldi. Yüzüm kızarmış olmalı. Aynı anda adam ilk defa yüzüme baktı. Göz göze geldik.

"Bozuk para lazım, yirmi beş lira ver oğlum," dedim, o da hemen çıkardı verdi.

"Buyurun beyefendi paranızın üstü," dedim, gururla uzattım.

"Hiç önemli değil," dedi sesi titreyerek. O an gözlerinde yanıp sönen ışığı gördüm. Bir an arabaya binmekten vazgeçip yanıma geleceğini zannettim. Nasıl da farklı bakıyordu. O mutsuz, meymenetsiz çehre nasıl da yumuşamış ve insana dönmüştü. Parayı aldı ve kısa bir tereddütten sonra arabaya bindi. Hâlâ bana bakıyordu. Hafifçe gülerek el salladım. O da elini kaldırdı. Eli titriyordu.

"Beyefendi sağlı çıkın olur mu?" diye seslendim.

Arabası çalışır vaziyette bana bakmaya devam ediyordu. Bir an güldü ya da öyle sandım. Araba, gıcırtılarla köşeyi döndü.

Sıradan bir gündü işte.

Taksici Milleti

Hani şöyle günler olur; karşınıza sizi tanımayan ama dinlemeye gönüllü biri çıkar ve siz ona içinizdekileri çekincesizce anlatırsınız. O kişinin kim ya da ne olduğundan çok şişeden çıkan cininizi ciddiye alıp dinlemesi değil midir, konuşma cesaretini veren. Hatta sizi tanımaması; söyleyeceklerinize, üslubunuza özgürlük ve hafiflik katar. Bu tanınmamışlık kapısında, kendinize bilmediğiniz bir aynanın aksinden bakıverirsiniz. Belki hayatınızdan bir kesiti, belki son dönemde sizi derinden yaralayan o şeyi söylerken yakalarsınız kendinizi.

Başka bir yol da ekonominin kötülüğünden, hayatın pahalılığından, havanın berbatlığından, insanların umursamazlığından dem vurarak devam etmektir, daha sığ suları tercih ederek. Çünkü o gün ya da o an, yegâne derdiniz konuşma merkezinizi doyurmaktır.

Hatta konuşmaya başlamadan az önce, o kişi de diğerlerinden biri değilmiş gibi; çekincesiz- fütursuz, diğer insanlardan bahsetmeyi kendinize layık görerek. Bazen de tahminler şaşar, ne zaman konuşmaya başladığınızı ya da konuşturulduğunuzu anlamadan, akar gider bir şeyler başka bir yöne doğru kayar.

İşte öyle günlerden birinde, bir yemekte uzun süredir tanıdığım -tanıdığımı sandığım- insanların arasında beklenen hay huyları ve hoşbeşleri; yüzümde maskeler, bedenimde çevrece kabul gören jest ve mimiklerle tamamlayıp "asıl" olanları sindirmek, günün iletişim kalabalığına rağmen içimde biriktirmekten küflenen ifade edilememiş gerçekliğimi bulunduğu yerden çekip çıkarmak ve kendimle yarım kalan hesabı görmek üzere eve gidiyordum. Birlikte yemek yediğim aynı istikamete giden iki arkadaşımla birlikte bir taksiye binmiştik. O sıra hepimizde maskeler vardı ve aslında kalabalık taksiye binmek de ciddi bir riskti.

Bunca açıklamadan sonra konuşkan bir insan olduğum anlaşılmasın, genelde bu sıfatı başkalarına bırakmayı tercih edenlerdenim. Nitekim o gece de öyle bir geceydi. Taksi şoförü arka koltuktan gözlemlediğim kadarıyla düzgün birine benziyordu fakat fazla konuşkandı. Bu konuşkanlığın arkasında kendini beğendirme çabası gizliydi. *Ben sadece bir taksi şoförü değilim* demeye çalışıyordu kendince.

Konuşkanlar konuşmayı sürdürdü bense karşı koyamadığım bir ilgiyle onları dinledim. Aynı istikamette olsak da üçümüz de farklı yerlerde oturuyorduk ve arabadan en son ben inecektim. Arkadaşlarımı tek tek bıraktım. Son arkadaşım ayrılırken kulağıma eğilip "Bu adam tekin değil, eve varınca bana haber ver," dedi. Bunca güle oynaya sohbetin arkasından yapılan bu yorumu dikkate almalı mıydım?

Takside ikimiz kaldık. Biraz önce açılan burç muhabbeti sırasında taksici, bir arkadaşımın burcunu doğru tahmin etmişti, tekinsiz sıfatını sanırım buna borçluydu.

"Siz ne burcusunuz?" dedi apansız.

"Tahmin edin."

Bu küçük bir meydan okumaydı... Cevabı hiç düşünmeden verdi.

"Bence siz yengeçsiniz."

Tahmini doğruydu.

1/12 başka bir deyişle yaklaşık %8'lik bir tutturma şansı karşısında bu beklemeden yapılan atış, hedefi on ikiden vurmuştu. Hangi özelliğim, hangi tavrım ona burcumu hissettirmişti acaba?

"Bravo nasıl bildiniz?"

"Neredeyse hiç konuşmadınız yol boyunca, içe dönük bir yapıya sahip olduğunuzu düşündüm," dedi.

"Başka peki?" dedim.

Onu konuşturmak ve aynasından beni dikizlerken edindiği diğer izlenimleri öğrenmek istiyordum. Eve gidip kirli bohçamı açmadan önce beni tanımayan birinin ilk intibalarını duymak ilginç olabilirdi.

"Yola çıkarken diğer istikameti seçseydik ilk sizi eve bırakacaktık oysa siz arkadaşlarınıza anaçlık göstererek en son inmeyi tercih ettiniz."

Bu açıklaması ilkinden daha ilgi çekiciydi zira yengeçlerin en meşhur yönü annelik meziyetleri idi.

"Ve belki de..." dedi.

"Evet," dedim.

"Yalnız kalma kısmını sona atmak istediniz, kim bilir evde kim ya da her ne var ise size kollarını açmış beklemiyor."

Evde beni yalnız anlar, yarım kalmışlıklar, eskimiş hatıralar ve pişmanlıklar yığınından başka bir şey beklemiyordu. Aslında haklıydı, eve çabucak varılacak yolu seçmemiştim. Sahi niye seçmemiştim? Nasıl olsa Ali annemdeydi... Pandemi döneminde oraya çok alışmıştı.

"Yengeç bir tanıdığınız var sanırım bu kadar bilgili olduğunuza göre," dedim.

"Bu benim hobim aslında. Hem çok okurum hem de gelen gidene tahmin yapa yapa işi ilerlettim. Gerçekten çok zevkli oluyor. Hele de uzun yolda konuşma başlatmak için iyi bir bahane. Yoksa biteviye direksiyon sallamak, hele dur kalk trafikte hiç çekilmiyor."

Haklıydı. Ne kadar, inanmam dese de hiçbir kadın, hakkında az buçuk tutarlı atışlar yapıldığını duyunca gösterilen ilgiyi görmezden gelemezdi. Camı aralayıp maskemi aşağı indirdim, çok sıkılmıştım çünkü.

"Çok sıkılmışsınız siz bence ya bu gece ya da bütün gün, o kadar belli ki suratınızdan," dedi bu sefer de.

Görebildiğim açıdan dikiz aynasında kendime bakmaya çalıştım. Nerem mutsuzdu? Yüzüm mü asıktı, duruşum mu nemruttu? Bilmediğim ya da farkında olmadığım bir bulut vardı belki üstümde.

"Hatta sizi bir bulut almış da çepeçevre sarmalamış, içine hapis etmiş," dedi.

Evet, evliliğim biteli altı sene olmuştu, yedi yaşındaki oğlumla korkunç bir pandemi dönemi geçiriyorduk ve uzun süredir hayatıma hiç kimseyi alamamıştım. Ayrıca oğlum öncelikliydi. Benim istediğimi o isteyecek miydi? Annemle kardeşim bakalım bulduğumu sevecek miydi? Geçmişle ve "acaba kim ne der"le hesabını kesemeyen bir yengecin geleceğe uzanması hiç de öyle kolay değildi. Burçlara meraklı biri olarak bu yorumu kendimden esirgemediğime şaşırdım.

"Evli misiniz?" dedim, atak yapma sırası bendeydi.

"Evlendim ayrıldım. Bana göre değilmiş. Kıskanç kadınlarla başa çıkmak zor, benim gibi sosyal bir adamı herkes çekemez. Yanlış anlamayın, karımı hiç aldatmadım ama onun takibine, merakına dayanamadım. Bir şey yürümezse yürümüyor. Bu arada ben bu gece arkadaşımın yerine taksicilik yapıyorum, gündüzleri Moda'dayım. Annemle küçük bir otopark işletiyoruz. Bir de yenilerde sahaf açtım. Bilseniz nasıl keyifli... İnsan sevdiği şeyleri yapmalı yoksa ruhu kaçar. Anlayacağınız çok yoğunum ama mutlu ve özgürüm. E ben aslanım, özgürlük benim için çok mühim. Yoksa gir birinin emrinde çalış filan, hiç bana göre değil. Hem insanın olduğu her yer benim için bir laboratuvar. Ama siz yengeçler senelerce aynı yerde çalışırsınız, yani genelde. Tabii yükselen ve ay burcu da çok önemli. Keza doğduğunuz sene ve doğum saati de. Diğer açılara da bakmak lazım. Oooo bende ne burç kitapları ne metafizik kitaplar var bir bilseniz, şifa, kuantum, Çin Astrolojisi, aklınıza ne gelirse."

O konuşurken senelerdir çalıştığım iş yerimi düşündüm. Artık patronlarımla akraba olduğum, kendimi başka bir yerde düşünemediğim iş yerimi. Alışkanlıklarıma ne kadar bağlı olduğumu ve birlikte olduğum insanlara karşı enayilik düzeyindeki vefamı. Hatta bitkisel hayattaki evliliğimi de aynı sebepten terk edemediğimi. Ben bitiremediğim için de dışarıdan birinin gelip bitirdiğini! Hem de Ali doğduktan bir sene sonra. Eşime en çok ihtiyaç duyduğum sırada.

Nasıl olduysa ben de başladım anlatmaya. Ne zaman ayrıldığımı, o kadar sene çocuk yapmayı isteyip de yapamadığımı, ayrılmadan kısa bir süre önce hamile kaldığımı, Ali bebekken ayrıldığımızı, tek başına çocuk yetiştirirken nasıl yalnız hissettiğimi, annem olmasa kafayı yiyeceğimi, bazen eve gitmek istemediğimi, çocuğa bakacak gücü bile bulamadığımı, her gün iş yerinde insanları mutlu etmek adına kendime nasıl eziyet ettiğimi anlattıkça anlattım. Bohçamdan firar edenler şaşırtıcıydı. Ben bile bu kadar derdimin olduğunun farkında değildim.

Benim eve çoktan varmıştık. Sohbetin ilerleyen kısımları bizim sokakta devam etti ve nihayet bitti.

"Geç oldu, sohbet için çok teşekkürler, işiniz sizi bekler," dedim ayrılırken.

"Ben teşekkür ederim..." dedi ve ekledi "sizi Moda'ya bekliyorum. Meraklı Sahaf'a."

"Gelirim inşallah," dedim.

"İnşallahı maşallahı yok, mutlaka bekliyorum! Konuşuruz, çay içeriz hem size birkaç kitap önereceğim."

"Tamam, gelirim," dedim.

Parasını ödedim ve taksiden çıktım. Dönüp el sallamayı ihmal etmeden. O da gülerek el salladı.

Telefonum çaldı. Beni haberdar et diyen arkadaşım arıyordu. Eve varıp varmadığımı sordu. Çoktan vardığımı, haber etmeyi unuttuğumu söyledim.

"Ne manyak adamdı o ya, terbiyesizlik etmedi di mi sana?"

"Yok canım ne terbiyesizliği, gayet efendiydi," dedim.

"Adam sallayıp tutturuyor işte kendince yakınlık kuracak, ne varsa aklında artık, dikkat etmek lazım bu taksici milletine," dedi.

"Haklısın, dikkat etmek lazım," dedim.

Taksici milletinden birinin ziyaretine gideceğimi söylemedim. Gerek yoktu. Eve girdiğimde üstümde hatırı sayılır bir hafifleme vardı.

Yılbaşı Gecesi

O gece çok güzel olmalıydım. Ozan'ın iş yerinin her yıl düzenlediği yılbaşı partisine bir önceki sene katılamamıştım. Hamilelik, lohusalık ve bebeğin bakımı sırasında geçen süre zarfında ne gecelere katılmış ne partilere gitmeye fırsat bulabilmiş ne de gitmek için esaslı bir istek hissetmiştim. Bunun tam aksini yaşayan kadınlar var mıydı acaba? Doğum sürecini çok da önemsemeden hayatına devam eden? Doğurup ipince kalan, çocuğu tek parmağıyla büyüten, gece mışıl mışıl uyuyan, memeleri süt yaparken iş yerinde mucizeler yaratmaya devam eden, her durumda objektiflere gülebilen filan... Varsa vardı. Ben onlardan olamamıştım!

Nasıl puslu, belirsiz ve riskli bir hamilelik dönemi geçirdiğimi hatırlıyorum da... Arkasından doğum telaşı, bebekle birbirimize alışmamız, titiz bir kırk günün ardından mütemadiyen emzirmek için harcadığım üstün çabayla birlikte bütün bu hummalı adanmışlık sırasında kocamı, ikinci, üçüncü hatta sonuncu plana attığımı itiraf etmeliyim. Benden ilgi bekleyen bu koca çocuğa ayıracak zamanım ve gücüm yoktu. Süt lazımdı, uyku azdı, bebek gazlıydı, hayat fazlasıyla talepkâr ve zordu.

Zaman içinde küçüğümün bakımını yatılı bir bakıcıyla paylaşmanın getirdiği rahatlık ve işe geri dönmenin verdiği özgürlük duygusuyla özgüvenim geri geldi mi geldi... Yine de kolay değildi. Verdiğim kiloların bu iyi hissedişle ilişkisi vardı elbette. Sonuçta bir kadının, doğumun vahşi doğasından sıyrılıp yeniden hayata dönmesi kritik bir süreç. Bazıları zor atlatıyor, bazıları hiç anne olmamış gibi dönüyordu; bunlardan hiçbiri olmamalıydım! Anne olmuş bir kadın olarak yeniden kendimi tanımlamam ve dengeleri kurmam zaman aldı.

Kabul ediyorum, aklım fikrim küçük oğlumdaydı. Hayatımın odak noktası ve baş erkeği değişmişti. Mememe deli gibi yapışan bu küçük adam, artık babasının zamanını çalıyordu. Diğer "büyük" çocuk da böylece kendi halinde kaldı. Ve tabii ki iş yaşamındaki azılı kadınların, karısı yeni doğum yapmış yakışıklı kocamın etrafında aylardır oluşturduğu "sevgi çemberi" hakkında az çok tahminlerim vardı ama onların sesi, algı duvarlarımı aşarak varlıklarını duyuramıyordu zira duyduğum tek ses oğlumun ağlamasıydı.

Yine de... dayanamıyor ve "Erkek milleti değil mi... bir öyle bir böyle!" diyordum kendi kendime. "Büyürler fakat büyüyemezler!" Annem sık sık demez miydi: "Erkekler çocuk gibidir, idare edeceksin kızım. Evlilik fedakârlıktır, kadınlar hep daha fazla göstermelidir."

Genellemelerden nefret etsem de bu ezik söylemi hatırlamaktan hoşlanmasam da ve hatta ait olduğum kuşak için geçerli olmadığını düşünsem de aslında işin özü buydu.

Zaman zaman kadınsı hislerimle kocamın benden fersah fersah uzakta, başka âlem (ler)de yaşadığını hissetsem de durumun adını koyamıyordum. İşin aslı detaya girme cesaretim yoktu, temel ihtiyaçların ön planda olduğu bir devrede çatışmaksa işime gelmiyordu. Sezgilerimi susturup günün getirdiklerine odaklanıyordum.

Ozan, "Cuma akşamı iş yerinin geleneksel partisi var," dediğinde, katılmak isteyeceğim aklına gelmemişti aslında.

"Ben de geliyorum!" deyince şaşırdı ve "Nasıl bırakacaksın oğlunu?" diye hayretle sordu.

Henüz, tek bir gece dahi küçüğümü bırakıp dışarı çıkmamıştım. Fakat kararlıydım, artık eski hayatıma geri dönmem gerekiyordu.

"Gündüz bakıcısıyla nasıl kalıyorsa gece de kalır artık büyüdü," dedim.

Kaşını kaldırıp beni dikkatle süzdü, "Sen bilirsin Mebruş," dedi.

Partiye benimle gitmek istemiyor gibi bir hali vardı, tuhaf... Bir şey mi gizliyordu yoksa? Bu olasılık üzerinde düşünmek bile sinir bozucuydu. Fakat üzerinde durup deşmek anlamsızdı. Hem ne soracaktım? Yoksa sakladığın bir sevgilin mi var? Ya da iş yerinde görmemi, duymamı istemediğin ne var? Bu sorulara dürüst cevaplar verir miydi? Sanmıyorum. Kadınlar bazen "olasılıklara" bile bile göz mü yummalıydı acaba? E çünkü hayatta her şeyi kontrol etmenin bir yolu yoktu. Bir şey olacaksa olacak, birisi aklına koyduğunu yapacaksa yapacaktı! Ve kimse kimsenin ne yaptığını yüzde yüz bilemeyecekti. Ortada somut mutsuzluklar olmadığı sürece bunu kabul ederek yola devam etmek akıl ve ruh sağlığı açısından en uygunuydu.

Beklenen gün geldi çattı. Geçmişte birkaç defa gittiğim ve her defasında doyasıya eğlendiğim bu geleneksel parti için aşırı özen gösteriyordum. Bir çeşit kadınlık yarışındaydım diyebilirim. Buna, hâlâ güzel hâlâ alımlı olduğumu bilhassa da eşimin etrafındaki kadınlara kanıtlama çabası denebilir. Oğlanı yedirmek, gazını çıkartmak biraz zaman alınca hazırlanmaya geç kaldım. Ozan çoktan giyinmiş huysuz, huzursuz beni bekliyordu. Sanki benim gelmemden üstü kapalı -aslında alenen- rahatsızlık duyuyordu. Bense aynada gördüğüm kadından bir türlü memnun olamıyordum. Sabırsızlanıp kapımı çalmaya başladı.

"Ne yapıyorsun? Haydi, geç kaldık!" diye seslendi. Sesi gergindi.

"Geliyorum," dedim, "az kaldı."

Yok kaçan çorap, yok firar eden saç telleri, yok gelen telefonlar derken epeyce oyalandım.

İşimi bitirip, kapıyı heyecanla "Ta taaaam!" diye açtım. Karşımda beni heyecanla bekleyen bir adam hayal ediyordum fakat kimse yoktu. Oğlanın odasından çıkan bakıcıyla göz göze geldik.

"Abi arabaya gitti orada bekleyecekmiş sizi," dedi kırık Türkçesiyle.

"Uyuyor mu?"

"Uyumuyor. Dedesiyle nenesi siz hazırlanırken geldi. Tuncer Amca'm Can'a masal okuyor. Size de bu mektubu vermemi istedi," dedi.

Yaşlı babam böyle antin kuntin şeyleri pek severdi. Üstünde "Mebrure Arzu'ma" yazılı mektubu daha sonra okumak üzere babamın yazdığı diğer mektupların bulunduğu çekmeceye koydum ve üstümü başımı çekiştire çekiştire dışarı çıktım. Yırtmacım çok mu derindi? Topuzum yerinde duruyor muydu? Küpelerim, saçlarıma takılmasındı. Yeterince koku sürmüş müydüm? Bu ayakkabılar ayağımı niye bu kadar sıkıyordu? Yanıma makyaj malzemelerimi almış mıydım? Bugünlerde daima bir şey eksik kalıyordu ve yine bir şey eksikti... fakat neydi?

Ozan arabada oturmuş radyoda çalan müziğe eşlik ediyor, eliyle direksiyona vurarak asabi bir tempo tutuyordu. Kapıyı açıp kendimi içeri attığım anda kontağı çevirdi. Koltuğa yayılınca yırtmacım yukarı çıktı. Kaykılıp düzelttim. Bana bakıp güzel şeyler söylemesini bekliyordum aslında. Pek özenmiştim, üstümde hoş bir elbise, ayağımda hanidir giymediğim yüksek topuklular, baldırıma kadar uzanan seksi yırtmacım ve mis kokularımla birlikte yanına oturmuştum. Oysa hiçbir şey Ozan'ın ilgisini çekmemişti. Hipnotize bir şekilde dikkati yoldaydı ve beni resmen görmüyordu. Aklında fikrinde başka şeyler vardı. Kesin vardı! Yerimde kim olsa böyle düşünürdü yani...

Birkaç dakika sonra, "Geç kaldık niçin bu kadar beklettin?" diye çıkıştı kupkuru bir sesle.

Yutkundum, kısa bir suskunluğun ardından "Ancak hazırlandım..." dedim, soğuk, bozuk, mesafeli. Nihayet döndü ve bana alıcı gözle baktı.

"Bakayam sana," dedi, elini çeneme doğru uzatıp kendi tarafına çevirmeye çalıştı. Başımı çevirip, camdan tarafa döndüm. Ve o an arabanın yan aynasında kendimi gördüm!

"Bak ya... tafra yapıyor şimdi de!

Cevap vermedim. Gözüm aynadaydı. Unuttuğum şeye bakıyordum!

Ah işte ruj sürmeyi unutmuştum! Dudaklarım, canlı bir resmin ortasındaki solgun iki yaprak gibi eğreti ve çıplaktı. Çantamı karıştırmaya başladım. Yanıma ruj almamıştım. Bütün gece renksiz bir kelebek gibi kalacaklardı.

"Offf..." dedim sinirle.

Ozan, "Şimdi ne oldu?" dedi otele dönen refüjü sert bir manevrayla dönerken, bezgince.

"Yok, bir şey," dedim. Problem kaynağı olmak, çatışmak ve bunları söylerken komik duruma düşmekten çekiniyordum. Güçlü gözükme çabam bütün hızıyla devam ediyordu.

İçeri girdik, balo salonuna varana kadar Ozan'ın iş arkadaşları ve eşlerinin bulunduğu ufak bir sürü, hızla etrafımıza toplandı. Kaç zamandır görmediğim, görüşemediğim simalar vardı. Ayaküstü muhabbet başladı. *Bebek nasıldı? Ben nasıldım? İyi gözüküyordum... İş nasıldı? E siz nasıldınız? İş, güç, ev, çocuklar, ekonomi, hayat vb.*

İnsan içine çıkmanın coşkusuyla kendimi iyi hissediyordum. Bir de ruj sürmüş olsaydım! Bir süre Ozan'la ayrı takıldık. Hoşbeş güzel gidiyordu. Derken inanılmaz bir sahneyle karşılaştım. Biraz ötemde siklamen renkli dolgun dudaklarıyla oldukça hoş bir kadın Ozan'ı yanaklarından öpüyordu. Aslında öper gibi yapıyordu. Yanağını yanağına değdirip dudaklarını uzatıp öper gibi büzüyordu. Zira öpse damga gibi iz bırakacaktı. Kadın çok güzeldi, nefis kıvrımları vardı, seksapeli tavandı. Buram buram arzu çağrıştırıyordu. Derin göğüs dekolteli, vücudu saran, siyah kadifeden şahane bir elbise giymişti. Saçları ensesinde sımsıkı toplanmış, duru cildi hafif ve özenli bir makyajla parlamıştı. Kulaklarından sarkan şık tasarım küpeler havasına hava katıyordu. Ozan kadının karşısında resmen kendinden geçmişti. Hayatının kadınına bakar gibiydi. Evliliğimiz boyunca bana bir kere bakmadığı kadar istek ve heyecanla kadını süzüyor, bir yandan kolundan tutarak kaçmasını engellemeye çalışırcasına, telaşlı bir hâl sergiliyordu. Ozan bu kadını kesinlikle çok iyi tanıyordu!

Bu sahneyle aramda, kendi çocuklarının bebekliklerini arka arkaya anlatarak beni biteviye lafa tutan eski bir tanıdık vardı. Karşımdakinin her duraklamasında, kocamın ve gizemli kadının esrarengiz konuşmalarını, ağız hareketlerinden seçmeye ve mimiklerinden anlam çıkarmaya çalışarak dikizliyordum. Karşımdakine nezaketen baş sallayıp, otomatik tepkiler vermeye devam ederken, içim içime sığmıyor, uzaktaki ikilinin her hareketini tam olarak görememenin sıkıntısıyla geriliyordum. Ozan'ın etrafa arada bir attığı kaçamak bakışları yakalamıştım. Muhtemelen gözleriyle beni arıyor ve içinde bulunduğu sahneyi görmememi diliyordu. Neyse ki önümdekinin kabarık elbisesinden ve kafasındaki tüylü uzun yılbaşı süsünden, Ozan'ın rahatça görebileceği bir açıda değildim.

İtiraf etmeliyim ki ne kadar samimi gözükseler de adını koyamadığım bir mesafe vardı aralarında. Öte yandan birinin başlayıp diğerinin devam ettirdiği diyaloglarında bir meseleyi enikonu tartışır gibiydiler. Kafamın içinde çoktan senaryo yazmaya başlamıştım. Bu samimi konuşmanın tek bir açıklaması olabilirdi. Ozan ona yalvarıyor, kadınsa gayet rahat bir şekilde artık onu istemediğini -beni partiye yanında getirdiğini görünce kıskanmış olmalı- ikinci kadın olmaya dayanamadığını söylüyordu. Kocam ise kadının ince zarif kolunu istekle tutarken gözlerinin içine şehvetle bakıyor, kadının yanlış anlamaması için diller dökerek olağanüstü bir çaba gösteriyordu. Başka ne olabilirdi?

Lafa tutan tanıdığın ilgi alanı nihayet başkasına kayınca, boşluktan istifade, yüreğim ağzımda, elim belimde -bu arada topuzum özgürlüğünü ilan etmiş, yırtmacım popoma dayanmıştı- kocama ve karşısındaki güzel ve gizemli kadına doğru yürümeye başladım. İşin rengi işte şimdi belli olacak, dananın kuyruğu sonunda kopacaktı! Aylardır süren bilinçaltı sıkıntımın kaynağı işte buydu! Onları, birlikteliklerini deşifre eden bu konuşmanın tam ortasında suçüstü yakalayacak ve hesap soracaktım. Bakalım nasıl bir açıklama yapacaklardı bana! Ahhh, ahhh ne salakmışım... Nasıl anlamamışım! Erkek milleti değil miydi? En küçük boşluğu değerlendirmeyi nasıl başarırdı! Aklımda buruk düşünceler, kalbimde bulanık duygular, burnumdan soluyarak yürüyordum. Kulaklarımdan ateşler çıkıyordu. Koşarcasına gitsem de adımlarım yüksek topuklu ayakkabılarım yüzünden yeterince hızlı değildi. Dayanamadım ve ayakkabıları çıkarıp çıplak ayak yürümeye devam ettim. Neredeyse yanlarındaydım.

Birden hooooop bütün ışıklar karardı. Aaaa... diye koro halinde kocaman bir ses çıktı koca kalabalıktan. O anda aniden biriyle çarpıştım. Yere düşen, şangır şungır kırılan tabakların gürültüsünün ardından önce göğsüme sonra bacaklarıma sıcak, soğuk sıvıların hızla nüfuz ettiğini hissettim. Üzerime dökülenler; yumuşak, kaygan, sıcak yemeklerle sosları ve yanındaki mezelerdi muhtemelen. Neyse ki kafama tabak düşmemişti. Çok korkmuştum, yeni bir çarpışma olmadan oradan uzaklaşmalıydım. Dengemi kaybedip bir an dizlerimin üstüne çöktüm. İnsanlar bir o yana bir bu yana koştururken bana çarpmaya başladılar.

Bu arada kokularından yemeklerin ne olduğunu anlayabiliyordum. Kollarımda domates soslu et vardı, mantarlı sebze karışımıyla beşamel soslu ıspanak da omuzlarımdaydı, memelerimin arasında ise patates ve somon balığı vardı. Kolumda çantam, bir elimde ayakkabılar, diğer elimle karanlığın ortasında tadım yaparken jeneratörün niye devreye girmediğini merak ediyordum. Geceye bu halde nasıl devam edebilirdim? Kızgınlık, şaşkınlık ve hayal kırıklığı içinde üstümdekileri silkelemeye çalışarak ayağa kalktım.

Üzerimde kalan yemekler vücudumun derinliklerine doğru süzülmeye devam ediyordu. Koskoca otelde böyle bir problem nasıl yaşanabilirdi? Yoksa bu anormal durum ciddi bir olayın işareti miydi? Belki de üst katlarda yangın çıkmış ya da hissetmediğim bir deprem olmuştu. Telefonlarının fenerlerini yakmayı akıl edenler arttıkça etrafımı seçmeye başladım.

Aklımda deprem olasılığı, fikrimde tam hedefe ulaşacakken kozmik bir şaka gibi kesilen elektriğe duyduğum hırs vardı. İçimde asılı kalan öfkeyle beraber nereye yürüyeceğimi ne yapacağımı bilemiyordum. Çantamdan telefonumu çıkarmaya çalıştım. Yağlar, soslar tuhaf parçalar oramda buramda iğrenç bir haldeydim. Telefonumu açıp yüzüme baktım. Dudaklarım görünmüyordu, ağzı olmayan tuhaf bir yaratığa, üstü yemek dolu bir tür Noel ağacına benziyordum.

Bir uğultu yükselmeye başladı. İnsanlar panik ve korku içindeydi. Birden telefonum çalmaya başladı, arayan Ozan'dı. Nerede olduğumu sordu. Nerede olduğumu bilmiyordum. Biri çarptı, telefon yağlı elimden kaydı. Bir süre yere eğilip deli gibi telefon arandım. İnsanların ayakları arasında telefon bulmak imkânsızdı epey süründükten sonra aramaktan vazgeçtim. Ayağa kalktım. Artık telefonsuzdum. Ağlamamak için kendimi zor tutuyordum. İnsanlar telefonlarla yol bulmaya çalışıyordu. Saniyelik bir ışıma sırasında gözüme siklamen rujlu kadın ilişti. Yanında Ozan yoktu. Art arda yanan cep telefon fenerleri etrafı aydınlatırken bir anlığına Ozan'ı, salonun farklı bir noktasında görür gibi oldum ve hızla kaybettim. Işıklar devamlı yön değiştiriyor, karanlıkla boğuşan kızgın kalabalık, devreye girmeyen jeneratör yüzünden sabırsızlanıyor, homurtulu sesler gittikçe yükseliyordu.

Tahmin etmek zor değildi tabii. Aralarında muhtemelen ben hamileyken yakınlaşmalar olmuştu. Geceleri çeşitli sebeplerle eve geç kaldığı ve entipüften nedenlerle seyahate çıktığı zamanlarda bu kadınla beraber olmuştu. Bir kadına böyle bakabilen bir adam, o kadının küçük çapta esiri olmuş demekti! Belki de âşıktı. Dakikalardır kocama naz yapan bu aşüfte, kendi değerini gayet net bilen ve benim varlığımdan rahatsız olmuş, fettan bir kadındı. Ozan partiye gelmeme bu yüzden gönüllü olmamış, dikkat çekmemek için de gelme diyememişti. O yüzden gecenin başından beri sabırsız ve ilgisiz davranışlar göstermiş, yüzüme bile doğru dürüst bakmamıştı. Kesin ki çok âşıktı!

Bir anda elektrikler geri geldi ya da jeneratör devreye girdi. Elimde ayakkabılarım az önce telefon ışığında gördüğüm kadının gittiği tarafa doğru yöneldim.

Yemekler üzerimde yağlı parlak izler bırakarak oraya buraya akmıştı. Benim gibi üstünü başını batıran birkaç kişi daha vardı. Bir süre boş yere dolandım durdum. Gittiğim yönde aradıklarımın izi yoktu. Fena sıkışmıştım. Rahatlamak ve temizlenmek maksadıyla kadınlar tuvaletine yöneldim. İçeri girdiğim anda arkası bana dönük olan siklamen rujlu kadın elindeki çantayı büyük bir aynanın önüne bıraktı ve aceleyle kabine daldı.

Kabinler doluydu iki kişi köşede hararetle konuşuyordu. Kaybedecek neyim vardı? Anlık bir kararla, çantayı aldım, karıştırmaya başladım. Çantada bir ruj, bir paket sigara, bir çakmak, telefon ve ehliyet vardı. Ruju çabucak çantama attım. Telefona baktım, ekranı hâlâ açıktı fakat hemen kapandı. Üstümü başımı düzeltmeyi aklıma bile getirmeden kadının çantasını yerine bırakarak hızla dışarı çıktım. Hayatımda ilk kez birisinin çantasını izinsiz karıştırmıştım. Ellerim titriyor, kalbim küt küt atıyordu.

Her şeye hakkım vardı bir kere. Evliliğim bitiyordu!

Kafamda bin bir düşünce resmigeçit yapıyordu. Şimdi adamı terk etsem, dokuz aylık oğlumla beni tek başına bırakıp bu siklamen kadının arkasından koşacaktı. Tabii koşacaktı! Nasıl bakıyordu ona? Ozan gibi saf adamlar böyle kadınların elinde kuklaya dönerdi! Yeni aldığımız ev ne olacaktı peki? Önümüzdeki beş yıl evin kredisini kim ödeyecekti? Ayrılırsak nasıl ödeyecektik? Evde kim oturacaktı? Hakkıydı, yarısını alır giderdi. Gider miydi? Aldatan oydu, git dersem giderdi belki. Fakat belki de ben oturacağım diye diretecekti. Diretir miydi sahi? O zaman ben giderdim ama evin yarı parasını isterdim. Niye bağışlayacaktım ki?

Bize bunu niye yapmıştı? Herkes çocuk yapıyordu, bunlar yaşanmak zorunda mıydı? Niye hamileyken hatta doğumdan sonra, ondan köşe bucak kaçmış ve yalnız bırakmıştım. Sanırım bunu hak etmiştim. Ama oğlum hak etmemişti! Nafaka verir miydi? Çalıştığım için bana vermek istemezdi. Ama oğlana vermek zorundaydı. Can'ın velayeti bende kalırdı, asla ona vermezdim, deli miydim? Ya o kadınla evlenip yeni çocuklar yaparsa ne olacaktı? Ozan oğlumuza düzgün babalık yapabilecek miydi? Gözden ırak olan gönülden de uzak olurdu. Zavallı oğlum ancak hafta sonları, yarım bir baba ve üvey anneye mahkûm olacaktı... Ya ben? Benim hayatım ne olacaktı? Kocasını göz göre göre kaybetti diyecekti millet. İyi ki bir doğum yaptı, bir adamı idare edemedi kaçırdı.

Kim kaçmazdı ki o kadına?

Yok yok... Hiç cesaretim yoktu! Yaşanacak bunca kaosa zerre cesaretim yoktu. Dengem tepetaklaktı, ne yapacağımı, nasıl davranacağımı bilmiyordum. Kalbim kıskançlık, haset, kırgınlık ve daha bir dolu sıkıntılı hisle dolup taşıyordu.

O anda bir ayna gördüm, aşırdığım ruju çantamdan çıkarıp heyecanla dudaklarıma sürdüm. Dudaklarımın üzerinde kayan ruj çok kaliteli ve güzeldi, yağ gibi akıyor ve sanki bana "Sakinleş, kendine gel, abartma," diyordu. Saatlerdir renksizlikten kuruyan dudaklarım bayram etti. Ruju sürdükten sonra garip bir şey oldu. Tuhaf bir rahatlama, isimsiz bir huzur yayıldı ruhuma. Bu halimle nasıl da farklı görünüyordum. Ben de güzeldim, ben de arzulanabilirdim, hem o kadından daha gençtim, kocamı da seviyordum. Niye meydanı onlara bırakacaktım ki? Aşk gerekirse savaşmaktı. Dayanan, sabreden kazanırdı. Yaşasın ruj sürmek! Bir ruj insanı kendine getirir miydi? Bir anda telefonumun sesiyle irkildim. Yanında durduğum masanın altından geliyordu ses. Eğildim ve karanlıkta düşürdüğüm telefonumu gördüm. Uzandım aldım. Arayan bakıcıydı.

"Abla neredesin? Can'ın ateşi çıktı... Şimdi ölçtüm otuz dokuz olmuş," dedi. O an karar verdim. Hemen eve gidecek ve gördüklerimi unutacaktım. Hayatıma hiçbir şey olmamış gibi devam edecektim.

"Hemen geliyorum," dedim, nasıl gideceksem. Etrafa bakındım. İnsanlar gelen elektrikle birlikte neredeyse ilk baştaki neşeli havalarına geri dönmüştü. Tam telefon etmeye yeltendiğim anda karşı taraftan Ozan'ın geldiğini gördüm. Bana doğru ama beni göremediği bir açıdan, bulunduğum tarafa doğru yürüyordu. Ben ona göre köşede bir nişte kalmıştım. Baktığı yerden yani ona tam ters istikametten siklamen rujlu kadın gülerek yaklaşıyordu. Birbirlerine doğru yürüyorlardı.

Kalakaldığım bu nişte âşıkların birbirine kavuşmasını mı izleyecektim? Öyle izin mi verecektim önümde olup bitene. İkisinin de yüzünde hafif bir gülümseme, tabii ya tekrar kavuşmanın coşkusu vardı. Kalbim çarpıyor, beynim uğulduyordu. Onlara doğru yavaşça yürümeye başladım. Yürüdükçe vücudumdaki yemek taneleri kaşındırıyor, süzülmeye devam edenler yeni güzergâhlar çiziyordu. Sutyenimin içinden aşağı doğru akanlar, korsemin üzerine yapışmış, aşağıya gitmeyi başaran yemek suları bacaklarımda yol yol iz bırakmıştı. Ensemdeki saçlarımsa yapış yapıştı. Kendimi canlı bir tabak gibi hissediyordum. Cânım elbisem mahvolmuştu.

Hayatım mahvolacaktı elbise kimin umurundaydı? Hemen harekete geçmek gerekiyordu! Çünkü... Siklamen kadın ve Ozan... kavuşmak üzereydi!

Birden çok yavaş hareket ettiğimi fark ettim. Büyük bir ivmeyle fırlayıp deli gibi kocama doğru atıldım ve ona bütün varlığımla sarıldım.

"Canım çok merak ettim seni, Can'ın ateşi çıkmış hemen gitmemiz lazım," dedim heyecanla. Ozan'ın nutku tutuldu. Ben ona sarıldıkça o da üzerimdekilerden nasibini alıyordu. Gözlerini fal taşı gibi açıp yüzüme, üstüme, başıma pür dikkat baktı. Beni hafifçe uzaklaştırıp ceketine bulaşan birkaç maydanoz ve ıspanak parçasını silkeledi elinin tersiyle.

"Kaç kere aradım seni... Niye açmadın telefonunu?" diye çıkıştı bana.

Kadın yanımıza varmıştı. Bana gülerek bakıyordu. Niye bana gülüyordu ki?

"Telefonum düştü... Sonra işte kayboldu... arayamadım."

"Nedir bu halin?

"Ayyy işte yemek taşıyan bir garsonla çarpıştık karanlıkta, temizlenemedim zaten geceye böyle devam edemem, hadi gidelim!"

Ozan bana iyice tuhaf bakıyordu. Her tarafım batmıştı evet ama biraz önce siklamen kadından aşırdığım rujla boyadığım dudaklarım sanırım acayip dikkat çekici olmalıydı ona bakıyordu. Bense bir sonraki adımımı düşünüyordum. Kadın ya da Ozan gitmemize itiraz edecek olursa kadının saçlarına yapışacak, kulaklarından küpelerini çekecek, kafasında bozulmadan heykel gibi duran topuzunu dağıtacak ve çığlıklar atmaya başlayacaktım. Kaybedecek neyim vardı? Hiçbir şey!

Kadının yanına o anda beyaz saçlı hoş bir adam geldi. Kadına, yanındaki adama ve bana şaşkınlıkla bakmaya devam eden kocama bir daha baktım. Bir şey söylemesini bekliyordum. Nihayet konuştu.

"Tanıştırayım," dedi kocam İngilizce.

"Bilmemne bölgesi müdürü Mrs. Bilmemne Hanım, Türkiye'deki iki senelik görevi bitti, şimdi de bilmem nereye gidiyor, yanındaki de eşi Mr. Bilmemne."

Her yerim kaşınıyordu ve kaşınmamak için kendimi zor tutuyordum. Ardından bana dönüp "Bizim şirketin bölge koordinatörü, daha önce bahsettiğim expat aile," dedi Türkçe.

Onlara doğru dönüp boyalı dudaklarımı içeri doğru büzdüm. Yapmacık bir gülümsemeyle başımı sallayarak selam verdim. Yanındaki eşi miydi? Kadının benim kocamla ne işi vardı o halde? Aralarındaki samimiyet neydi? Neydi? Neyse neydi! Ozan benimdi! Herkes kendi kalesinde durmalı ve onu korumalıydı.

Kocamın koluna yapışarak kadına dik dik baktım. O da beni inceliyordu. Artık ne halde olduğunu anlatmaya dilimin varmadığı elbiseme, çıplak ayaklarıma ve sanırım dudaklarıma -içeri doğru kıvırsam da tamamen gizleyemediğim siklamen dudaklarıma bakıyordu.

Ozan kadınla birbirimizi süzdüğümüz bu unutulmaz anı salak salak izliyordu.

"Hadi eve gidelim canım," dedim.

Mecbur razı geldi.

Arkamızdan kim bakıyordu bilmiyorum ama ben artık kendimi tutamıyor ve deli gibi kaşınıyordum.

Ozan'ın görevli olduğu bölgenin amiri konumunda çalışan başarılı kadının, uzun süredir evli ve iki çocuklu olduğunu ve kocamın, dört gözle beklediği terfi için etrafında dolaştığını öğrenmem biraz zaman aldı. Bunlar elbette yasak ilişki yaşamalarına engel değildi. Aralarında bir şeyler olduysa bile hayatımız akışında devam ederken Pandora'nın kutusunu açmanın anlamı yoktu.

Unutmadan... ne kadar utansam da ruju uzun bir süre kullandım! Ozan ise bu ruju nereden buldun diye bir kez olsun sormadı.

Mektup

Sevgili Torunum Can'a,

Can'ım evladım, mektup yazmanın ne kadar demode bir eylem olduğunun farkındayım, fakat sana yazılı bir iki kelam bırakmak istiyorum. Bu devirde benim gibi konuşan ve yazan kalmadı, bakma sen. Ezcümle aslında soyu tükenmiş bir neslin geriye kalan numunelerinden biriyim.

"Otuz sene sonraya, sevdiklerinize mektup atmak ister miydiniz?" ilanını gördüğüm an hemen karar verdim. Bu ilhamın, bugüne değin yıldızımın parladığı anlarda istifade ettiğim pınardan çağladığına emindim. Fikir öyle kanıma girmişti ki senin yetişkinliğine hitaben cümleler zihnimi aniden istila etti. Önüme çıkan bu yaman talihi derhal değerlendirdim ve yazmaya koyuldum.

Tanıtımı tarafıma tafsilatlı bir şekilde takdim edilen, önce teknik malumat yüzünden idrakte zorlandığım ve eminim ki senin tapon bulacağın bu düzeneğe, elinde tuttuğun bu mektubu teslim ettim. Bu arada unutmadan Annen Mebrure Arzu'ya da aynı mektubu ilettim. Her ne kadar mektubun, aklın kemale erdiği vakitte sana erişmesini arzu etsem de zamanı kontrol edemeyeceğimin bilincindeyim sevgili torunum.

İnce bir seziş mi dersin yoksa evrenin kulağına fısıldadığı hüsnüniyetli bir dua olarak mı telakki etmeyi tercih edersin, bilemem... Lakin bu teşebbüsle büyük akışa teslim ettiğim narin bir maruzatım var. O da şu: Mektubun eline geçtiği andaki hayatınla, okuyacakların arasında oluşmasını temenni ettiğim tevafuk!

Haddizatında naçiz ömür süremde biriktirdiğim duygu ve düşüncelerimden damıtılan özden müteşekkil bu mektubun;

bilmediğim bir zamanda ve ömrümün vefa etmeyeceği bir zeminde sana ulaşarak aklına sirayet, kalbine nüfuz ederek, cihanda yeniden zuhur etmesi fikri yaşlı kalbim için nasıl da fevkalade bir çarpıntıdır, sevgili torunum.

Bunun bir nevi zamanda seyyaliyet hatta ahir zamana yapılacak bir tür seyahat zannı uyandırdığını söyleyebilirim. Kim bilir belki sen de bu geleneği devam ettirir ve hayatına ait önemli veçhelerden derleyeceğin malumatı bir sonraki sürgününe kaybolmadan devşirmenin, mektup yazmaktan daha iyi bir yolunu bulursun. Zira aile geçmişini bilmenin geleceği inşa etmekteki tesiri, inkâr edilemez bir önemi haizdir evladım.

Bu önem ki genler vasıtasıyla tabiatına nakşedilmiş olduğu halde, sen bunu fark etmeden beyhude bir hayata gark olur da geçmişin tekerrürünü yaşatan hücresel manyetizmanın yalanlı-yılanlı haritası üzerinden hem ne yaptığından hem niye yaptığından bihaber, seyircisiz bir sahnede yapayalnız kalakalırsın da sebebini anlayamazsın.

Bu yüzdendir ki atalarının geçmişini bilme lüksü, seni hayatında yanılgısına düşebileceğin lahzaların sahteliğine uyandırır; binaenaleyh ailevi zaafları ve temayülleri ifşa ederek mazinin gölgelerini idrak etmene vesile olabilir Can'ım.

Cancağızım, burada kafanın biraz bulandığını hissediyorum. Ah şu anki hislerimi bir bilsen. Biraz evvel de dedim ya sana bulunduğum andan seslenişimde bir nevi gaibe meydan okuma var! Bu senin zamanına, gökten zembille inerek -izinsiz ve destursuz- içimden geçenleri sana, seninkileri bana aktardığımı düşlediğim hayali bir diyalog olsa da...

Gündeme getirdiğim varsayımlar ve tespitler silsilesinde, zamanın görünmez koridorlarının hissettirdiği karşılıklı münazaranın canlı bir tarafıymışçasına pek mesudum!

Açıklamaya çalıştığım husus, yaşadığım günün koşulları altında bir hipotez gibi gözükse de aslında hayat nizamının kurallarını keşfedenler için derinine inilmiş bir hakikat. Filhakika bu hakikati, tecrübelerden ve gözlemlerden imbiklenmiş bir feraset olarak ifade etmek de mümkün.

Hülasa demem o ki bizler, yani insan evlatları aslında pek de zahir olmayan şekilde atalarımızın tutumlarını, seçimlerini, hatalarını, sevaplarını miras alabiliriz. Fakat bu batıni terekeciliğin şuuruna zerre ermeden hayat yoluna devam ederiz. Bu konuyu bilhassa öğrenmeni ve araştırmanı naçizane tavsiye ederim.

İlk maruzatım buydu yavrumun yavrusu. Girizgâhı pek uzun tuttuğumun farkındayım.

Can'ım, yukarıda açıklamak için çırpındığım gerçekliği daha kolay ifadenin bir yolu olmalı diye düşünürken aklıma birisi geldi: *Soyuna çekmeyen soysuz olurmuş* derdi pek sevgili validem Meryem Hanım. Büyük büyükannen mektep görmüş kadındı ve bu lafla, yaşanmışlıkla hemhal genetiğe dikkat çekmeye çalışır, her türlü huyun ve de suyun yedi göbekten alınabileceğini ihsas ederdi.

Senin varlığınla ruhuma nüfuz eden -ya da bulaşan mı demeliyim?- ümit, bana neler fısıldıyor bir bilsen -devam ettireceğin soyda kim bilir hangi hasletlerini benden alıp geleceğe taşıyacaksın mesela?

İşte tam da burada atalarının zaaflarını bilmek önem arz etmekte evladım. Zira hayat seçimleri karşısında, benliğinin derin kuytularında esen, bildiğin ve bilemediğin fırtınalarla; dalları budakları kırılacak duygu ağaçlarının yaprakları gözünün önünde birikir de görmen gerekeni gördürmez; ağzını lal eder de söyletmez, ayaklarına dolanır da adım attırmaz, kalbinin gözünü kapatır da doğruyu seçtirmez ya... Bu tezahürler benim sana şu ana kadar işaret etmeye çalıştığım büyük meselenin en kalbi hususiyeti ve özüdür evladım.

Pek uzattım.

Fakat anlatmak ve anlaşılmak ihtiyacı benliğime öyle hâkim ki, sözümü noksan eylemek; inşaatı "tam olacakken, natamam bırakmak" gibi hissettiriyor güzel evladım. Hani şu vaktim yoktu, uzun yazmak zorunda kaldım, denilen türden. Bunca senenin ardından önüne

gelecek bu lafügüzafı, kendimi ifade etmek için verdiğim mücadeleye
yor ve beni affet evladım.

Sana aktarmak istediğim gizli miras olgusuna ilaveten birkaç maruzatım daha var sevgili torunum.

Yarına mektup gönderme girişimi bence büyük bir istikbal vaat ediyor. Bugüne kadar pek çok iş kurmuş, batırmış yine de ailesini yaşatacak gücü tesis etmiş, tecrübeli bir girişimci olarak müteşebbis ruhumun sesine -finale bu denli yakınken- kulak veremeyeceğim, maatteessüf. Ama bence sen verebilirsin! Genç yaşlar denemek, yanılmak, muhayyilenin açığa çıkmasına mahal tanımak, fikir tohumlarını hayat aynasında suret bulmaları için davet etmek açısından muazzam bir araf ve fırsattır.

Bu araf seni çoğaltır, kaynatır, taşırır, pişirir, olgunlaştırır, tokatlarını ziyadesiyle atar ve hata yapmaya münhal bir alan sağlar ki işte bu, deneyimlerin en hasıdır. Böyle, hata yaparak öğrendiğin hayat pek el işidir evladım.

Şunu da söylememde bir çekince yok: Hayat mekteplerde değil bizzat içinde yaşayarak tatbik edilir. Ben ki bir dönem ailemin baskısıyla yurt dışında en âlâ kolejde okumuş biri olarak, buna inanıyorum. Yönetilemeyen bilgi kişiyi ürkekleştirebilir oysa hesaplı riskler almak bazen mücbirdir. Ticaret bunu gerektirir. Sıradan akademilerde ise ekseriyetle empoze edilen, tecrübe edinmeye değil zihinsel istiflemeye yöneliktir; ah bu vesileyle aklıma köy enstitüleri geliyor fakat bu çok eski ve acı bir hikâye! Başlangıcı müthiş parlak, keza gidişatı da! Fakat olası muvaffakiyeti hasebiyle yaşamasına izin verilmeyen kıskanılası bir doğumdu.

Her neyse, bu yarayı deşmeden geçeceğim, merak edersen araştır! Keza bu da size bırakılan kötü bir miras. Diyeceğim şu ki sistem, tecrübe etmeye değil vitrine yöneliktir. Mümkünse akıllar tatbike, pratiğe, sezgiye hizmet etmemeli, kalpler arzuyla ışıldamamalıdır!

"Muktedirin" emeli budur!

Arzuyu öldürmeye çalışmak...

Bunlar, genelin mutlu ve üretken olmasını istemezler.

Çünkü mutluluk içinde özgürce çağlayan kalplere ve beyinlere hükmetmek, pek zordur evladım.

Demem o ki fikirlerin fikir doğurduğuna, olmazın oldurulduğuna, hayalin gerçeğe, batının zahire dönüştüğünü görecek kadar uçurum zamanlara tanıklık etmiş bir ölümlü olarak, geleceğin çok hızlı terakkilere gebe olduğunu kuvvetle seziyorum... Ve korkuyorum! Belki de sizler, uçan arabalara binecek, arabalarınızın kapısını bakışlarınızla açacak, rüyalarınızda tedris ve terbiye edilecek, dokunarak kan testi yapacak, evinizin elektriğini dışkı gücüyle tesis edecek, bilginin en hızlı şekillerini keşfedecek her türlü deneyimi, tek bir ortamda tecrübe edebileceksiniz.

Bunların belki de çoğu arzulanası... korkulası değil! Yine de baktığım yerden ve yaştan bana yabancı geliyor, itiraf ediyorum.

Fakat esas korkum şu ki her şeyi ikinci elden tecrübe etmeye öylesine alışacaksınız ki ilk el hissiyatlar zamanla size çiğ gelecek. Hayata çıplak elle değil de eldivenle dokunmayı öyle benimseyeceksiniz ki gerçekliği zamanla unutacaksınız. Nesillerin devamındaki duygu ve deneyimler zamanla genetik eğilimler yaratacak, gerçeklik algısı da böylece dejenere olacak.

Aklımda, gelecekle ilgili uzunca bir liste var ama şimdi bunları sıralayarak gövde gösterisi yapma zamanı değil.

En büyük derdim, ölümlü gözüken hayatın sonsuz akışını biraz olsun hissettirebilmek evladım.

Kullandığım şu tapon dilin seni yorduğunu tahmin edebiliyorum. Özür dilerim... Aslında bunu bilinçli yaptığımı belirtmem gerekiyor.

Senin zamanında insan etkileşimlerinin resimlerle, bakışlarla, kodlarla ilerleyeceğini kolayca tahayyül ediyorum. Benimkisi cılız bir çırpınış, Nuh Nebi'den kalma bir tavır, hatta birçoğunun gözünde sefil bir çaba veya gereksiz bir anış... Fakat bu gayretle üzerinde titrediğim mesele, insanlık tekâmülünün fazlarına ilişkin müşahitliktir.

Naçiz bir çabayla, arzu ettiğim denli usturuplu bir ritim tutturamasam da bir zamanlar insanların dille nasıl etkileşim kurduğunu -şahsi kelime haznemin terkibi izin eylediğince- ucundan kıyısından gör istedim yavrucuğum. Binaenaleyh insan; geçmişine, geçmişindeki kelimelere, kelimelerdeki anlamlara, anlamlardaki nüanslara, nüanslardaki ince ruha şahit olmalı. Bunlar, insanlık ruhunun yıllar boyunca değişen katmanları arasındaki incecik köprücükler, naif kanalcıklar olup ihsas ettiği duygular, anlamlar, mânâlar itibariyle büyük ruhun tekâmülüne işaret eder evlatçığım.

Ezcümle, kökeni ne olursa olsun soyunun bir zamanlar kullandığı kelimeleri ve onların titreşimlerini fark etmek; insan bilincinin zaman karşısında değişen tabiatını hissetmene yardımcı bir vesiledir yavrum!

Doğumdan önce mekânını, işgal ettiği bedenin işi bittiğinde de nereye iltihak edeceğini bilmediğin bir özle var olmaya çalışmak, dışarıdan bakıldığında nasıl da beyhude bir çaba olarak görünüyor aslında değil mi? Yine de zaman denilen gaip ipin üstünde yürüyen insaniyet cambazının meşaleyi elden ele verişini görmek bir tür zamansızlık ve ölümsüzlük değil midir sence de?

Tıpkı şu an bu satırları yazarken hissettiğim gibi.

Bu arada aman ha "yavrum, evladım" hitaplarını küçültme, küçümseme emaresi olarak algılamayasın. Tamamen evcil, insiyaki seslenişler. Ayrıca bu hitaplar, tahmin edeceğin üzere varlığını kendime ait bir sürgün, bir filiz olarak görmemden kaynaklı, tuhaf bir geleceğe uzanma duygusunu da bünyesinde muhafaza etmekte.

İnsan yaşlandığında, geleceğe uzayan köklerinden mistik medetler umuyormuş.

Velhasıl kelam, umut güzel şey torunum!

Kelimelerden girdim umuttan çıktım Can'ım.

Fakat sana ne iş fikri ne de kullanılmayan kelimeler ilham etmek gayesindeyim! Maksadım, müphem ufuklara ışık tutmak. Bu ışıklar ki aslında hayatın anlamının ne olduğunu ancak son senelerinde öğrenmiş bir dinozorun basit idrakleri. Aslında gözler önünde olan gerçekleri, yollar ve yıllar sonra anlamak nasıl acı bir mukadderat! Fakat görünen o ki mutluluk denen olgu, insan neslinden her sene uzaklaşıyor.

Diyeceğim şu ki eğer imkân olsaydı, sana en çok mutluluk bırakmak isterdim. Her türlü malı, mülkü, patenti, taşınır taşınmaz ticari değeri, miras bırakabilmene rağmen en kıymetli varlığı yani "mutluluğu" miras bırakamamak bence çok büyük bir hayat dersi!

Şimdi doğal olarak şunu soracaksın: Mutluluk nasıl bir şey ve ona nasıl erişilir? Sana tarifini verebileceğim bir terkibi yok. Ona ulaşmayı bütün yüreğinle istemen, araman, keşfetmen, bulduğunu fark ettiğinde de beslemen ve özenle muhafaza etmen lazım gelir.

Fakat sana bir müjde! Onu bulduğunu anlamanın bir yolu var!

Ne zaman ki bir işi yapmaktan, bir insanı görmekten, bir yerde bulunmaktan gözlerinin feri, yüzünün şavkı çağlayacak, gamzelerin gülmekten çukurlaşarak ağrıyacak, kalbin yerinde davul gibi gümbür gümbür atacak ve başının üstündeki hare, parıl parıl parıldayacak; o zaman bil ki mutluluğa yaklaşmışsın. Bunları nasıl anlayacaksın tabii aklına gelen soruyu tahmin edebiliyorum. Bunlar bedeninin verdiği bariz işaretler olacak, müsterih ol. Bulduğunu sandığın ama işaretlere erişemediğin zamanlar, seçimlerini ve vaziyetini tekrar değerlendirmek için vesile olmalı evladım. Zira mutlu olduğumuzu sanarak nefsimizi avuttuğumuz zamanlar gençliğimizin heba olduğu menfur anlardır.

Zamansa en kıymetli ve ikame edilmez kaynak...

Mutluluğu bulup sahip çıkmadığında, elinde tutmak üzere nefsini eğitmediğinde; onun gayet uçan ve kaçan bir nüve olduğunu belirtmem gerekiyor. Bir kuş erbabı gibi boğmadan, sıkmadan fakat kaçmasına da mahal vermeden elinde tutmak, doğaya hak ettiği kıymeti iade etmek! İşte bütün mesele bu yavrum!

Canım evladım, aslında en büyük maruzatım mutluluk konusunda!

İnsanlar -şansları varsa ve isterlerse- alâmetlerini biraz evvel sıraladığım mutluluk hallerini, kalplerinin ortasında bir yerlerde fark edebilirler.

Doğaya aidiyetle müsemma bu mutluluk mucizesinde; akıl, vicdan ve kalp müşterek hareket eder. Lakin hangi saikle olursa olsun başvurulması gereken yegâne merkez kalbin ortasıdır yavrucuğum. Orası en doğru sesi çıkarır. Kenarı değil Can'ım, tam ortası, unutma bu mühim!

Bu "orta yer" her daim peşini bırakmayan halis sesin membaıdır aslında. Doğru sesin yegâne menşei burasıdır. Tam kalbinin ortasından gelen bu ses, cesur ve hakiki bir sleleniştir.

Bu ses ki mutluluğun baş müsebbibidir.

Gençliğimde, bu sesi zaman zaman duyardım. Meğer o, bedenimin tanımlayamadığım bir köşesinden-varlığımın en bakir kaynağından gelirmiş. Fakat zaman zaman bu sese bir parazit musallat olurdu. Zihnimin; isteklerimden, ihtiyaçlarımdan, hayallerimden arıttıkları; geçmişin kulağıma fısıldadığı kötü ihtimallere bulanıp benliğini kaybetmiş sentezlere dönüşürdü. Bu dönüşenin, diğer "orta" sesime yaptığı muhalefet ciddi bir ikilemdi.

İkisi arasında kalıp safını değil de alengirlisini seçtiğim zamanlar çoktu. Böylece aslında kalbimin istemediği kararlar vermeye başladım. Hepsi görünüşte makul ve mantıklı kararlardı. Bol takdir görüp çok para kazanmama, yüksek itibarıma ve hayatın bana sunduğu güvenli koşullara rağmen üstümden ne yapsam atamadığım kalın bir ölü toprağı vardı. Yaptığım hiçbir şey, beni yeterince mutlu etmiyordu. Adını koyamadığım bir şey eksikti ama neydi? Kendimden bile gizlediğim bir cevabım vardı aslında.

O çok sevdiğim insanla bağımın kopması, habersiz bıraktığım gençlik aşkımın varlığının benden uzakta olmasıydı hissettiğim derin yoksunluk!

Bu uzaklığa sebebiyet veren kendimce haklı mazeretlerim vardı. Ama zamana kimse karşı koyamaz evladım. Ben de bunu yaşadım. Gençlikte yapılan hataların bazen telafisi olmuyor. Buna da kader diyoruz ama kaderin esiri olmamak gerekiyor. Bazen hatadan dönebilme imkânı oluyor bazen de olmuyor. O yüzden gerçekten mutlu olduğun kişiyi keşfettiysen onu asla bırakmaman lazım. Çünkü böyle bir insanla her türlü acıya, sıkıntıya, eziyete rağmen yine de mutlu olabilirsin evladım.

İşte sana vasiyetim:

Önce geçmişin izini sürüp atalarını tanımak ve akabinde kalbinin ortasındaki en muhlis sesi takip ederek mutluluğun peşinden koşmak. Arayıp bulduğunda da dört kolla sarıp sarmalamak, canım evladım!

Bu pek kıymetlilere ulaşmanı bütün varlığımla diliyorum.

Ve son temennilerim:

Hayatına cesaretle, bilgelikle, vicdanla, bol ve iyi talihle devam etmeni diliyorum evladım.

Şu anda sana üflediğim nefesin rayihaları, eminim ki otuz sene sonra tatlı bir rüzgârla evinin camından girip seni bulacak ve kulağına, kalbimin sesini fısıldayacak.

Derin şükran ve sevgimle yavrum.

Deden Tuncer Kamilihsan.

Göğe Haykırış

"Göğe haykırma zamanı Mümtaz."

"Ah Güzidem, bu balkon olmasaydı günlerin nasıl geçecekti? İyi ki bu evi almışız, yoksa eski giriş katında bunalacaktın."

"Mümtaz sensiz nasıl sıkılıyorum bir bilsen. Bir şey söyleyeyim mi sanki ben seninle birlikte öldüm de bir süre daha sensiz yaşamayı öğrenmek için geri döndüm. Hep böyle hissediyorum."

"Keşke biraz daha yaşasaydım ah ecel..."

"Mukadderatta bu da varmış, yalnızlığı öğrenmek. Düşünüyorum da hayatımda hiç bu kadar kendimle kalmamışım. Bu ev böyle münhal olmamış. Okuldu, evdi, çocuklardı derken hep bir gaile fakat umutlu bir gayret varmış. Başka şeyler de varmış farkında olmadığım tabii. Sonrası karanlık."

"Kolay mı iki demir leblebi yetiştirdik! Sonrası niye karanlık Güzidem?"

"Karanlık, kaybedişle akraba. Gençliğin, güzelliğin, sağlığın, etrafındaki kalabalık... Bakıyorsun birdenbire yok olmuş! Sevdiklerin ya ölüyor ya uzaklaşıyor. Hayatta neye sahip olduysam yavaş yavaş kaybetmişim. Düşünsene seninle, anne babamla yaşadığımdan daha fazla yaşamışım. Hay huy derken zaman zalimce akmış. Şimdi bakıyorum ne için çalıştıysam yok olmuş. Ne işim kalmış ne öğrencilerim ne de evlatlarım kalmış yanıma. Atasını kaybettiğinde bile ölümün gerçek yüzünü layıkıyla anlamıyormuş insan. Arkasına bakmıyor çünkü doğası böyle. Aklı, fikri, gözü hep önünde. Oysa sen gitmeye karar verdiğinde ben önümde de bir şey kalmadığını fark ettim. Sonra dönüp maziye baktım ve yaşadıklarım gerçek mi yoksa rüya mı diye sordum çokça. Anlayacağın ne arkamda vardı ne de önümde. Belki inanmayacaksın ama dünyaya artık gerçekle rüyanın karıştığı bir yerden bakıyorum. O yerin adını bir bulsam!"

"Peki, Güzide sana bir şey soracağım. Balkona çıkıp sokaktan geçenlere niye bağırıyorsun? Sen ki bir insana gözünün üstünde kaşın var bile diyemeyen kibar ve son derece saygılı bir kadındın. Evliliğimiz boyunca bir gün bana kötü söz ettiğini hatırlamıyorum. Kime bağırıyorsun Güzide, Allah aşkına?"

"Mümtaz, ben yoldan geçenlere bağırmıyorum... Ben göğe sesleniyorum. Aslında haykırıyorum. İçimde senelerce biriken, katman katman ziftleşen, düğüm düğüm dolanan ne varsa dışarı çıkarıyorum. İçimde hiçbir şey kalmasın istiyorum. Bana zerk edilen zehri, Dünya'ya iade ediyorum."

"Balkondan mı?"

"Evet balkondan, ne sakıncası var? Göğe haykırış zamanı gelince içimdekileri havaya gönderiyorum! Nesi kötü?"

"Ne var içinde Güzidem?"

...

"Ukdelerim var Mümtaz. Söyleyemediklerim var. Yuttuklarım var. Mideme oturanlar var. Ömür boyu biriktirdiklerim var! Var oğlu var."

...

"Sen ki nasıl uyumlu, sevecen ve pozitif bir kadındın, hem çocuklarınla hem okulda öğrencilerinle hem de sıcak yuvamızda. Bir gün yılgın, bir gün isyan ederken görmedim seni! Ah be Güzide, diyeceğim o ki bağırmak bir yana bir de küfür ediyormuşsun ileri geri... duydum ama kulaklarıma inanamadım! Doğru mu bu?"

"Evet Mümtaz... ediyorum. Ağza alınmadık küfürler salıyorum göğe. Nasıl rahatlıyorum anlatamam sana. Ardından, küfretmeyi önceden keşfedemediğim için kendi kendime küfrediyorum."

...

"Peki, anlamadığım şu: Küfrederken nasıl oluyor da rahatlayabiliyorsun? Çok iyi hatırlıyorum örgü örer terapi derdin, kitap okur heyecanla anlatırdın, komşularla kahve içer iki çift laf eder, torunlarınla oynar mutlu olurdun. Güle oynaya yemek yapardın, severek takip ettiğin dizilerin vardı. Arada çok sıkılırsan sahile iner deniz kenarında yürürdün. Böyle hanım hanımcık, dünya tatlısı bir kadındın. Ağzından olsa olsa bal damlardı, değişen nedir Güzidem?"

"Değişen ne mi? Sana bir soru Mümtaz! Küfretmek eski Güzide'nin varlığına halel mi getiriyor? Bunu duymak seni rahatsız edecek ama belki de senelerce kendimi bastırmışım, engellemişim; yüzüme, davranışlarıma çevremin görmek istediği maskeleri takıp olmadığım bir Güzide'nin içinde gezinmişim, farz et!"

"Farz et ne demek Güzidem?"

"Değişen bu işte! Bunları fark etmem! Bu kabuklardan sıkılmam. Aslında haklısın farz etme, kabul et!"

"Kabuklar mı? Onlar sen değil miydin Güzide?"

"Ben olduğumu sandığım başka biriydim aslına bakarsan. Bunları bu yaşta anlamaksa nasıl feci bir keşif. Kendini geç tanıma kendine geç kalma duygusu. Gerçek seni ıskaladığını fark etmek. Nasıl acı veriyor anlatamam!"

"Madem öyle... Sana başka bir sorum daha var. Bütün bunlar yani küfrettiklerin, kızdıkların, seslendiklerin filan, yerine ulaşıyor mu yani muhatapların seni duyuyor mu? Yahu hepsini geçtim cancağızım, bunlar seni daha mutlu bir Güzide yapıyor mu? Bak kendin söyledin, acı veriyormuş!"

"Mümtaz hayatımızdaki her şeyin kesin ve belli bir muhatabı mı var sanıyorsun? Beni ben olmaktan alıkoyan şu dünyanın zehrinde herkes suçlu, herkes pay sahibi, hatta yaşayanlardan ziyade yaşamayanlar. İçimden çıkanlar doğru yere gitsin ya da gitmesin zaten yaşadığımız hezimetler öyle ya da böyle insanlığın hem kendine hem doğaya bilinen ve bilinmeyen eziyetlerinin sonucu değil mi? Ben duyulmayı beklemiyorum ayrıca. Ama duyulduğumu biliyorum ve ister inan ister inanma, bunu bilmek acımı hafifletiyor."

"Bu kadar emin misin duyulduğuna, buna gerçekten inanıyor musun?"

"Elbette duyuyorlar. Hiçbir şey kaybolmuyor. Eminim ki sesimle olmasa da yaydığım duyguyla ortak bir alana ulaşıyorum. En azından ben öyle hissediyorum. Bu da beni tatmin ediyor. Muhatapların cevap vermesini de beklemiyorum. Büyük beklentilerim yok anlayacağın.

Kendim olmayı başarmak dışında tabii... Kaldı ki ömrümden kalan zamanda bulmayı ve olmayı başardığım "gerçek Güzide'yle" ne yapacağımı bilmiyorum."

"Ama sen balkondan bağırdığında bir mesaj verdiğin sanılıyor Güzidem. Balkonun önünden geçen insanlar senin düşüncelerinden bihaberler. Deli sanıyorlar!"

"Umurumda değil Mümtaz. Hayatım, başkalarının ne düşüneceğini dert edinmekle geçti. Ben zaten yarı ölüyüm ve artık başka bir zemindeyim. Beğenmeyen kulaklarını tıkasın. Zaten herkes klişelerle yaşıyor. Şimdi onlara seninle konuştuğumu söylesem, inanacaklar mı sanki bana ha? Elbette ki aklımı kaçırdığımı zaten kafasına esince balkona çıkıp gelene geçene saydıran bunak bir karı olduğumu düşünüyorlar. Varsın düşünsünler. Bu toplumda ayrık otu olmanın ne menem bir şey olduğunu bari ben de ölmeden önce tadayım. Nasıl öteki olunurmuş ucundan kıyısından hissedeyim."

"İyi ama herkes rahatsız olmaya başlamış Güzide. Böyle olmadık zamanlarda balkona çıkıp küfürle karışık bağırınca gelen geçen üstüne alınıyormuş. Hatta apartman senin hakkında ciddi ciddi şikâyette bulunmayı planlıyormuş, hatta birisi etmiş bile! Başka türlü bir yöntem bulsan keşke ne bileyim... Göz önünde olmayan başka bir çözüm, mesela yazsan, yazarak haykırsan düşüncelerini ya da evin içinde bağırsan keşke. Hayır, yani sana bunları ben değil hiç kimse yakıştıramıyor. Böyle münevver bir kadının ağza alınmadık küfürler savurarak olur olmaz her konuda semaya bakarak bağırması akıl almaz geliyor hele de seni tanıyanlara."

"Bak Mümtaz farkındaysan hâlâ bir ölüyü hayatıma müdahale ettirebilecek kadar eski Güzide'yim. Bu diyaloğa izin vermemden bunu anlamış olmalısın. O yüzden bence sen de haddini bil ve artık tatlı ikna çabalarından vazgeç. Zira bu konuşma bir nihayete varamayacak. Bilmem anlatabildim mi?"

"Anlamakta zorluk çekiyorum Güzide. Sen ki..."

"Yeter artık Mümtaz! Allah beni eleştiren herkesin hatta senin de belanı versin. Verdi zaten. Senelerce senin istediğin gibi bir kadın olmaya çalıştım. Ama hayır artık sen yoksun ve ben olmam gereken kadın olacağım. Bağırmaktan da vazgeçmeyeceğimi burada sana yine yeniden bir kere daha söylüyorum. İçimdeki zehir beni tamamen terk edene ve asıl Güzide ortaya çıkana değin göğe haykırmaya devam edeceğim! Anladın mı beni? Anladın mı?"

Polis arabası apartmanın önünde durdu. Bir kadın balkondan gökyüzüne bakarak bağırıyordu. İki polis arabadan dışarı çıktı ve kadını izlemeye başladı. Apartmanın önünde kalabalık birikmeye başladı. İnsanlar bir polislere bir balkondan bağıran kadına bakıyordu.

Röportaj

Seneler sonra bin bir eziyet ve kalp çarpıntısıyla çıkarttığı kitabı için esaslı bir radyo röportajına davet edildi. Bu yaşta yeni girişimlerde bulunmaktan, farklı alanda kariyer yapmaktan, emeklilik serüvenine anlam katmaktan ve kitapla birlikte karşısına çıkan tanınma fırsatından ötürü aslında mutlu ve gururlu. Fakat içinde bir yerde, "aslında" kelimesiyle birlikte debelenen mızıkçı kalıntılar var. Daha önce esaslı çevirilere imza atmış olsa da sıfırdan yaratmak bambaşka bir deneyim. Ve aslında şimdi daha büyük bir meydan okumanın parçası oluyor, ışıkların önüne çıkıyor!

İçinden geçtiği döngüler, yıllar içinde hafızasına eziyet ve mücadele dolu hatıralar yığdı. Bunları gözlemleriyle harmanlayarak takdir edilesi öykülere dönüştürdü. Mutlu ve keyifli zamanları da oldu olmasına. Fakat acıların gölgesi sevinçlere baskın; mutluluktan ziyade, sıkıntılar onu motive etmiş. Ve artık bu yaşında ve yeni kafasında eski tatları bulamıyor. Ne istediği gibi yiyip içebiliyor ne istediği gibi giyinebiliyor ne istediği gibi gezebiliyor ne de istediği şekilde ilişki kurabiliyor. Aslında artık ilişki kurmak da istemiyor. Yeni insanlar tanımak için çok yorgun. Hayat ne garip, insanları tanımak için çıkılan yolculuklar onlardan kaçarken sona eriyor.

Yine de kitap çıktığından beri kendini çok iyi hissediyor. Niye daha önce yazmamış? Seneler; iş, çoluk, çocuk, okul, hastabakıcılık, yemek, temizlik, alışveriş ve torun bakmakla geçmiş. Sıra mı gelmiş içine, özüne dönmeye? Ancak son üç senedir kendisiyle kaldı, nefes alıp ilk defa sadece kendisi için bir şeyler yapabildi.

Yazma yolculuğu sırasında ne kadar çok "keşke" dedi, çünkü yazmak bilinç açıcı, buna kesinlikle kani! Keşke daha önce başlasaymış, keşke bunca sene kendine daha fazla vakit ayırsaymış, keşke hep yazsaymış.

Bu keşkelerin tetikleyeni çok. Onca yeni yetme yazarın kaçıncı uyduruk kitabı piyasaya çıkarken o daha ilk kitabını çıkarıyor. Bu yaştan sonra hak ettiği saygıyı görme arzusunda. Ve her şeye rağmen umutlu. Yaşlılar ünlü olamaz mı? Hakları yok mu? İyi yazan bilinmesin mi? Duyulmasın mı? Tanınmak suç mu? Kazanmasın mı? Ödül almasın mı? Ödül yaşa verilmiyor ki... Kitabı yazan başa ve onun kalemine veriliyor. Örnekleri yok mu?

Naile, röportajı yapacak genç adamın programını önceden araştırarak detaylı bilgi edindi. Program oldukça uzun sürüyor. Bir sürü örnek podcast dinledi. Sorulabilecek sorular için hazırlık yaptı. Ayna önünde provalar yaptı, telefonuna ses kayıtları aldı, sesinin tonlarını dinledi, dersini çalıştı. Program sunucusu, işini ciddiyetle yapıyor yazara saçma sorular sormuyor, kitapları satır satır okuyup notlar tutuyor, anlamlı yorumlar yapıyor, esere de misafirine de değer veren bir tavır sergiliyor.

Sabah iyi bir kahvaltının ardından güzelce giyindi. Aynada kendini uzun uzun inceledi. Bu silueti uzun süredir beğenmiyor. Hele de son zamanlarda kitapla uğraşırken hiç yürüyemedi, oturup yazarken kilo aldı. Sonuçta atmış beş yaşında torun torba sahibi kadın. Eşinin hastalığı sırasında başladığı ilacı bir süredir bıraktı. Son zamanlardaki asabiyeti bundan. Doktoru istemese de o yavaş yavaş terk etti. Yazarken antidepresan kullanmanın kötü etkilerine dair bir makaleye rastladı çünkü tesadüfen. Makaleye göre antidepresan kullanımı duyguları dondurup pasifleştiriyor; hayatın getirdikleri ve uyaranlar karşısında algılamayı etkiliyor, yazılanları mekanikleştiriyormuş. Oysa farklı söz söylemek, farklı üretim yapmak için derinlere inmek, derinlerin sesini ve nefesini kalben hissetmek zaruriymiş. Uyuşmuş beyinler ve kalpler derinlere dalmak için uygun değilmiş!

Bu yüzden ilacı bıraktığından beri fazlasıyla gergin bir ruh halinde. Özellikle de kitabın yayımlanma aşamasında acayip yoruldu. Editörden gelen metni defalarca okudu, yayınevinin önerisiyle kendisine sosyal medya hesapları açtı, reklam için küçük bir bütçe ayırdı. Artık yayıncılar ekonomik koşullar nedeniyle yeterince reklam yapmıyor, yazarın da çaba göstermesini bekliyor. Hele de yayımlanan ilk kitabıysa.

Kaç tane arkadaşı parayı bastırıp kitabını yayımlattı. Oysa ilk kitabı olmasına rağmen onunki hemen kabul edildi. Kitabını yayımlayan yayınevi oldukça prestijli bir yer ayrıca. Bu vesileyle Naile bir bakıma bunca sene ilgi görmeyişinin acısını çıkarıyor. Fakat keşke ama keşke biraz daha genç olsa... kırk mesela ya da kırk beş hadi elli ama atmış beş değil. Bunları şöyle "kadın gibi kadın" olduğu zamanlarda yaşamak daha afili olmaz mıydı? Bu ukdeyi içinden atamıyor. Zamanla belki birkaç kitap sonra gözü de gönlü de doyar. Belki bir iki ödül alsa tatmin olacak, herkese ve her şeye rağmen, *ben de varım ben de yaptım* sonunda, diyebilecek. Kararlı... bu gizli yarışın en geriden gelen kaplumbağası da olsa bütün tavşanlar, kazananın kim olduğunu eninde sonunda öğrenecek!

Heyecanı, içtiği bir kaşık Pasiflora'ya rağmen dinmiyor. Yanlış bir şey söylemekten, duyduğu veya gördüğü bir saçmalığa kendine hâkim olamayıp müdahil olmaktan, burnunu gereksiz işlere sokmaktan, karşısındakine orantısız güçte laf sokmaktan çekiniyor. Bu çekincenin kökeninde son zamanlarda yaşadığı tecrübelerin haklı izi var. Günlük hayat rutininde olanlar bir yana kitap yayımlandıktan sonrakiler ibretlik. Bir tanesi mezun olduğu okulun söyleşisi sırasında yaşandı. Bir densizin, öyküsü hakkında yaptığı anlamsız yorumlar karşısında kendini tutamayıp adamı tersledi, sesini yükseltti. Söylediklerinde haklı bile olsa diğer katılımcılar nezdinde geçimsiz ve kavgacı bir görüntü sergiledi. Yakın bir arkadaşı söyleşi sonunda "Haklıydın ama bu kadar sinirlenmene değdi mi?" yorumuyla gecenin özetini bir çırpıda yapıverdi. Naile sonradan kendine kızsa da olan oldu. Yine de kendini haklı görüyor. Herkes her yazarı hatta aynı yazarın her yazdığını beğenmek zorunda mı? Ayrıca en iyiler en çok yerden yere vurulanlar değil mi? Meyve veren ağaç taşlanır hem. Yine de vakur bir tavır sergilemesi gerekirken nefsine engel olamadı ve kurşunu kendi bacağına sıktı!

Bir diğer vakaysa atölye arkadaşları arasına yeni katılan ve konuşmalarından hoşlanmadığı o süslü kadına gösterdiği agresif tavırdı. Kadının basit konuşmalarına dayamayıp herkesin önünde çocuk gibi azarladı. Naile insanların küçücük olayları büyütmesinden ve bunları dünyanın sonu gibi uluorta dile getirmesinden hoşlanmıyor, rengini derhal belli ediyor. Son zamanlarda benzeri çıkışları farklı ortamlarda farklı kişilerle farklı olaylar için sıkça yaşadı. Terslemek, ağzının payını vermek, adalet tesis etmek sanki Naile'nin varoluş nedeni ve asli sorumluluğu. Maruz kaldığı her sevimsiz uyaran, içindeki savaşçı kadını zorlamadan ortaya çıkarıyor. İyi mi? Kötü mü?

Bir de bütün bunların üstüne uzun zamandır istediği ve hak ettiği şeye geç ulaşmanın iç dünyasında yarattığı çatışma ve bunun ürünü "keşkeleri" var. Eline kalem alan, hayat hikâyesini yazmaya koyulan, bir iki atölyeye katılan kendini yazar sanıyor. Şair olmak, yazar olmak kolay mı? Senelerce dirsek çürütmek lazım. Hak etmek için çabalamak, çok çalışmak ve yılmamak şart. Ayrıca klasikleri hatmetmek ve her daim okumak da gerekli. Arka planda iyi eğitim ve doğuştan gelen yetenek olması da mühim. Bu iş sadece çalışmakla götürülebilecek bir hobi değil. Bir memuriyet hiç değil. Herkes birbirine bol keseden takdirler savururken gerçek hak edenler değerini bulamıyor. Kimse kimseye gerçeği söylemiyor. Herkes yağlama peşinde. Niye? Her şeyin ucu menfaate dayanıyor. Kahrolası menfaat!

Adresi bulduğunda Naile'nin kalbi küt küt atıyor. Güvenlikten geçerek radyonun bulunduğu kata çıkıyor. Bunları gençken yaşasa şu kapının önünde şimdi nasıl kendine güvenli, en küçük heyecan duymadan en havalı haliyle dikilecek, belki de yedinci sekizinci kitabının söyleşisi için gelmiş olacaktı.

Ayrıca "ah keşke" dediği şu yaş mevzusu da öyle dövmeler yaptırıp, saçını rengârenk boyayıp motora binmek, gizemli- özenti havalar yaratmak filan değil sadece "yaşlı kadın" muamelesi onu korkutuyor! Neyse ki radyoda görsellik önemli değil. Programcı çocukla usulden bir fotoğraf çektirecek biliyor, o yüzden abartılı bir hazırlık yapmadı hafif bir ruj sürdü ve kendini en zayıf gösteren siyah elbisesini üstüne geçirdi.

Boynunda inci kolyesi var. Saçlarını arkadan hafifçe toplayarak topuz yaptı.

Onu kapıda nursuz suratıyla karşılayan sekreter kılıklı genç kadına kendini tanıtıyor. Genç kadın hayattan bezmiş tavrıyla onu bir odaya yönlendiriyor. Naile'yi masasının önüne oturtup masanın arkasındaki koltuğa geçiyor ve iki kelam etme ihtiyacı hissetmeden cep telefonuyla ilgilenmeye başlıyor. Naile durumu garipsese de kısa bir süre içinde programcı çocuğun geleceğini düşünüyor. Genç kadın bir süre başını kaldırmadan telefonuna odaklanıyor. Naile de oyalanmak için çantasından telefonunu çıkarıyor. Yeni açtığı ve gençlik fotoğraflarını yüklediği Instagram hesabında radyo programını haber veren gönderiye gelen beğenilere bakıyor. Yeterince ilgi yok. Atölyeden birkaç sevmediği tip yorum yapmış. Birisi "mutlaka dinleyeceğim" diyor, diğer bir kendini bilmez bu radyo programını hiç kaçırmadığını söylüyor ve katıldığı atölyenin yöneticisi yazar da onu tebrik ettiğini söyleyen kısa bir yorum yazmış. Eh işte biraz sükse yapmış! Ama canı sıkkın, şu kapıda kendisini karşılayan kıza da gıcık kaptı. Umursamamayı kendine hatırlatarak hızla eski gönderilerine bakıyor, kitap kapağını koyduğu gönderi fazla beğeni almamış. En fazla beğeniyi genç kızlık resimleri toplamış. Tuhaf...

Bir süre başkalarının gönderilerini inceliyor. Vakit geçiyor bir türlü programcı çocuk gelmiyor, üstelik sevimsiz genç kadın uzun tırnaklarının ekranda ses çıkarmasına aldırmadan telefonuyla oynamaya devam ediyor. Naile ağzının tadını kaçırmak ve program öncesi moralini bozmak istemiyor. Sabırla beklemeye devam ediyor. Birkaç dakika sonra genç kadın başını telefonundan kaldırıp Naile'ye kaçamak bir bakış fırlatıyor. Aklına misafirinin varlığını unuttuğu gelmiş gibi. Naile'yle göz teması kurmadan zoraki soruyor:

"Ne içersiniz?"

Gecikmiş soruya içerlese de Naile temkinli. Programdan önce, haklı bile olsa kimseye bulaşmamaya kararlı. İradesine bugün fazlasıyla sahip çıkacak, yeminli!

"Sadece su lütfen," diyor otoriter bir ses ve dik bakışlarla. Sonra sesinin mesafeli başka bir tonuyla "Ferhan Bey ne zaman gelecek?" diye soruyor. Şimşekler çakan gözlerinden, kafasının sertçe çevriliş şeklinden ve birbirine kenetleyerek dizlerinin üstünde birleştirdiği ellerinden azami düzeyde asabiyet okunuyor. İçinden yeminler etse de artık dışı onu ele veriyor.

Kız gözlerini kaçırarak ve elindeki telefonu bırakmadan "İçerideki kayıt uzadı, biraz sonra sizi alacak," diyor. Ardından yerinden kalkıp sallana sallana başka bir odaya geçiyor. Su koyduğu plastik bardakla ağır ağır geri dönüyor ve bardağı Naile'nin önüne koyuyor. Genç kadın bıkkın, bezgin, Naile'nin ruhuna ağırlık veren edasıyla masa arkasındaki koltuğa yığılırcasına kendisini bırakıyor. Naile önüne konan suyu zehir gibi içerken bu sefer de genç kadın telefonda konuşmaya başlıyor.

Naile önce konuşmaya kulak kabartmak istemiyor. Fakat ne merakına ne de kulaklarına engel olabiliyor. Genç kadınsa rahat, Naile'nin varlığı sanki umurunda değil. Bir gece evvel ne kadar çok içtiğini sonra nasıl kustuğunu, işe geç kaldığını karşısındakine uzun uzun anlatıyor. Sevgilisi onu aldatıyormuş, nişanı atmaya karar vermiş filan falan.

Bu gençler böyle işte! Yanında biri varmış, onu duyuyormuş, rezil oluyormuş... derdi değil, sanki masanın önünde oturan insan değil heykel. Enerjisiz halinin ve nursuz suratının açıklaması da akşamdan kalmalığı demek! Fütursuzca devam ettirilen uzun konuşma sonunda Naile öfke uçurumunun kıyısına yaklaşıp tam kendini atacakken kapı açılıyor ve röportajcı çocuk en sempatik en güler yüzlü haliyle içeri giriyor. İri yarı, yakışıklı ve sevimli genç adam, Naile'yi gülerek kayıt odasına davet ederken, geç kaldığı için defalarca özür diliyor, neyse ki!

Kayıt odası küçük, ortasında mikrofonlar, kablolar ve kulaklıkların bulunduğu genişçe bir masa var. Naile'nin heyecanı da öfkesi de henüz ayakta. Neyse ki genç adam Naile'nin gemileri yakıp içerideki kıza girişmeye hazırlandığı anda içeri girdi ve olası bir faciayı farkında olmadan son anda engelledi.

"Hoş geldiniz. Hikâyelerinizi severek okudum. Ne kadar akıcı bir kaleminiz var! Hayran kaldım... Bu arada sorularım da hazır," diyor elindeki kâğıtları sallayarak.

"Ah teşekkür ederim. Beğenmenize çok sevindim."

"Heyecan nasıl?"

"Evet, biraz heyecan var ama iyiyim."

"Hiç gerek yok, rahatlayın, şöyle düşünün, sadece sohbet edeceğiz ve sohbet ederken birileri bizi dinleyecek, emin olun çok kolay akacak!"

Naile bu cevap karşısında biraz önce istemeden maruz kaldığı kulak misafirliğini düşünüyor.

Genç adam ona kulaklıkları nasıl takacağını gösteriyor, önündeki mikrofonu ayarlıyor; kibarlığı ve zarafetiyle karşısındakini iyi hissettiriyor. Naile de keşke ama keşke daha genç olsa... işte tam da böyle bir adamla... ah nasıl şahane olurdu. Fakat artık bunları düşünmek için çok geç! Aman be! Nereden geliyor böyle düşünceler aklına! Abesle iştigal. Belki de bunu konu edinen bir öykü yazar, kim bilir?

Naile genç adamın güven veren tavrı ve ilgisi karşısında gevşiyor, biraz daha sohbet edince içerideki kızı da unutuyor, notlar aldığı küçük defterini çıkarıp önüne koyuyor. Genç adamın önündeyse Naile'nin kitabı ve sorularını yazdığı kâğıtlar var. Kitabın sayfaları arasına konmuş pembe turuncu minik işaret kâğıtları Naile'nin dikkatini çekiyor. Belli ki yakın okuma yapmış, değineceği kısımları bunlarla mimlemiş.

Bir anda sevimsiz genç kadın içeri giriyor ve genç adama Naile'ye hiç göstermediği bir saygıyla soruyor:

"Ferhan Bey yayın sırasında ne içersiniz?"

"Naile Hanım ne içer önce ona sor istersen Duygu."

Genç kadın suratına çakma bir gülüş yapıştırıp Naile'ye bakıyor ve eğreti bir kibarlıkla soruyor:

"Ne alırdınız?"

Naile, kıza yeterince sinir oldu ama bu son hareketle birlikte antipatisi tavan yapıyor. İmkânı olsa o kızıl saçları yolar mı? Yolmak için delirse de... hayır! O bir mahalle kadını değil. Dili sivri bile olsa medeni, okumuş, kültürlü bir kadın. Üstelik yeminli. Fakat içindeki o vahşi yok mu? Sahipleri bile vahşetin sınırları aşma potansiyelini son ana kadar tahmin edemez. Son zamanlarda muvazenesi şaşsa da Allah'tan süper egosu, içinde beslediği vahşinin suretini ustaca gizliyor. Gizlenen, ilk fırsatta bir delikten sızıp ortaya çıkmanın peşinde olsa bile!

Tam Naile kıza oturaklı bir cevap verecekken o sırada içeriye bir adam giriyor Ferhan'ın kulağına bir şeyler fısıldıyor. Genç adamın beti benzi atıyor telaşla yerinden kalkıyor.

"Çok özür dilerim annemin durumu acil, hemen hastaneye gitmem gerekiyor, çok özür dilerim," diyor Naile'ye.

Naile şaşkın. Radyo programı ne olacak? Röportajı sonra mı yapacaklar? Canı sıkılıyor, suratı düşüyor. İçindeki vahşi, dişlerini kırarcasına sıkıyor. Bunca sıkıntılı bekleyişin ardından elde var sıfır mı?

"Ben... şey... yani... sonra yaparız," derken eli ayağı birbirine karışıyor. Aslında keşke yanına Pasiflora şişesini alsaydı. Yine kalbi küt küt atmaya tansiyonu yükselmeye başladı. Kapıdan çıkan genç adam Naile'ye bakıyor ve sanki acıyor.

"Lütfen bir dakika bekleyin başka bir çözüm bulacağım," diyor ve kayboluyor.

Naile kafasında kocaman kulaklıklar, mikrofonun önünde hayal kırıklığı içinde oturuyor.

Adam telaşla geri geliyor, mahcubiyetini telafi etmek için çırpınıyor.

"Gerçekten beklenmedik bir durum bu. Annem kalçasını kırmış beni soruyormuş, onu bu halde yalnız bırakamam çok özür dilerim. Bakın ben bir süre izin alacağım, annemin bakacak kimsesi yok. Arkanızdan dört yazar daha var, onlar iptal edilecek. Ama siz madem buraya kadar gelmişsiniz isterseniz bugünkü röportajı arkadaşım tamamlasın, o da edebiyatla çok ilgilidir, hazırladığım soruları ona vereceğim, eğer kabul etmezseniz de anlarım zaman içinde haberleşiriz," diyor bir nefeste.

"Anlıyorum..." diyor Naile, anlamak ve hak vermek artık zaruri.

Canı iyice sıkılıyor. Bir karar vermesi gerekiyor. Bugünkü röportajı arkadaşlarına, konu komşuya ve çocuklarına haber ettiğini düşünüyor. Bunu bilinmedik bir zamana ertelemek hem de kitabı tazecik raflarda yerini almışken ötelemek, aslında işine gelmiyor. Röportajı yapacak diğer kişi de bu işten anlayan biri olmalı. Çocuk kan ter içinde, Naile'nin cevabını bekliyor. Naile çocuğa acıyor. Annesini merak ediyor yazık! Naile ise onu dinleyecek komşularının ve kitabının reklamı peşinde. Kendi kendine kızsa da hayatta zaten onca fırsat kaçmışken bu da kaçmasın istiyor. Bu program şimdi yapılmazsa belki de hiç yapılmayacak.

"O zaman arkadaşınız yapsın da bitsin madem..." diyor Naile.

Genç adam birkaç kez daha özür diliyor ve arkadaşını göndereceğini söyleyerek aceleyle çıkıyor. Naile bir şarkı arası daha bekliyor.

Şarkı bitmeden hemen önce kapı açılıyor ve içeri kendisini karşılayan kız giriyor. Ne o yoksa bu kızla mı yapacak programı? Kızıl saçlı gürbüz varlık sürüne sürüne soru dolu kâğıtların durduğu diğer mikrofonun önüne oturuyor.

Odaya giren başka biri, iki dakika sonra canlı yayına geçeceklerini söylüyor.

Naile sinirli, şaşkın ve üzgün. Geldiğinden beri varlığıyla onu çileden çıkaran bu akşamdan kalma yeniyetme kızdan kurtulamadığına mı üzülsün, röportajı yapacak esas çocuğun durumuna mı, yoksa heba olacak röportajına mı?

Fakat iş işten geçti. En kötü senaryo şu: Kız önündeki soruları okuyacak o da cevaplarını verecek ve bu karın ağrısı bir şekilde sona erecek. Niye bu kadar mükemmeliyetçi? Sevmediyse sevmedi kızı, nüfusuna mı alacak? Bu sırada kız, oturduğu yerde kıvranıyor arada Naile'ye suçlu ve kaçamak bakışlar atıyor. Ardından önündeki kâğıtlara evire çevire bakıyor sonra tekrar evirip çeviriyor.

Naile dayanamıyor soruyor: "Ne oldu bir problem mi var?"

"Ayyy... Ferhan el yazısıyla yazmış bunları... Ne yazdığını okuyamıyorum!" diyerek ağlamaya başlıyor kız.

Naile artık yay gibi. Yeni bir krizin daha çözülmesi gerekiyor. Hemen önündeki notlara bakıyor ve defterinden kopardığı sayfaya kocaman kitap harfleriyle dört soru yazıyor.

"Al bunları sor bana diyor!" kâğıdı uzatırken.

Kız gözyaşlarını siliyor ve önündeki sorulara minnetle bakıyor.

"O zaman başlayabiliriz," diyor.

"Başlayalım o zaman," diyor Naile.

Radyodan çıkıp yolda yürümeye başlıyor. O kuru, mekanik röportajı düşündükçe tüyleri diken diken. Akşamdan kalma bir yeniyetmeyle kitabı hakkında yaptığı çakma söyleşi için niye istekli olmuş ve niye en başında vazgeçmemiş? Yine ve yeniden pişman. Ah keşke çıkıp gitseymiş genç adamla birlikte! Niye zamana bu kadar çok asılıyor? Gecikme duygusu ona niye yanlış kararlar aldırıyor? Niye bunca keşkeye yeni keşkeler ekliyor? Aslında en çok da radyodan çıkarken yaptıklarına pişman. Resmen paçavraya çevirdi kızı. Röportaj biter bitmez kıza, sesinin çatlayan böğürtüleriyle, "Ne okumasını ne de konuşmasını biliyorsun! Önünde yazan soruyu okumaktan bile acizsin. Ne işin var senin burada? Bir de utanmadan işe akşamdan kalma geliyorsun. Senin neren edebiyatçı? Nasıl bir gençlik ve gelecek bekliyor bizi hey Allah'ım!"

Son sahne şöyle: Bu tiradın ardından kızın hıçkıra hıçkıra ağlaması, Naile'nin hırsla kapıyı vurup radyodan ayrılışı, Naile'nin karşısına çıkan ilk eczaneye dalışı ve Pasiflora şişesini kafaya dikişi.

Naile eve vardığında ayakta sallanıyor. Hiçbir şey düşünmek istemiyor. İyi bir şeyler yapmaya çalışırken sanki hayat ona inadına engel çıkarıyor, bilinmedik bir güç, işlerini yokuşa sürüyor. Azıcık nefeslenmek için balkona çıkıyor. Karşı apartmanda kocası kısa bir süre önce ölmüş eski arkadaşı Güzide balkondan gökyüzüne doğru bağırmaya başlamış. Bir zamanlar bu kadını ne kadar çok severdi oysa. Güzide munis, aklı başında kendi halinde bir kadınken son zamanlarda balkona çıkıp gelene geçene hakaret etmeye, aklına ne gelirse söylemeye başladı. Hatta bir gün Naile'nin onun izlediğini görüp kızdı ve onu bakışlarıyla rahatsız ettiğini söyleyerek uyardı. Kafayı yedi kadın, yazık!

Naile içindeki boğuntuyu biraz olsun azaltmak için Güzide'ye sesleniyor.

"Yaşlanmak ne kötü değil mi Güzide?"

Naile'yi duyan Güzide bağırtısına ara veriyor, sesin geldiği tarafa tekinsizce bakıyor, biraz bekliyor ve sonra cevap veriyor:

"Mesele yaşlanmak değil Naile."

"Neymiş mesele Güzide?"

"Mesele... geç kalmak!"

"Geç kaldık zaten Güzide? Yaşlandık ve geç kaldık, ikisi de aynı şey! Bizden geçti artık."

"Yaşarken kendimizi unuttuk. Kendimize geç kaldık Naile. Yaşlılık başka bir şey. İkisini karıştırma."

Naile Güzide'ye acayip sinir oluyor. Bütün günün hıncını çıkarırcasına soruyor:

"Bunun için mi bağırıyorsun her gün deli gibi balkondan ha?"

"Kendimi hatırlamak istiyorum Naile, ayıp mı?"

"Bunun daha iyi bir yolu yok mu? Herkes duyuyor seni. Üstelik yanlış anlıyor."

"Sen niye kitap yazdın peki? Herkes okusun istemez misin?"

"Ben de kendimi keşfetmek için yazdım ve kanıtladım işte! Basıldı hem de en iyi yerden çıktı, senin gibi etrafa rahatsızlık vermiyorum hem!"

"Kendini keşfetmek için kitap yazdın ha? Yazdın da ne oldu? Buldun mu bari?"

"Nereden biliyorsun bulamadığımı," derken Naile şaşkın.

"Esas sen insanlara rahatsızlık veriyorsun da haberin yok. Hem kendini bulmuş olsan çehren böyle nursuz olmazdı emin ol," diyor Güzide.

Güzide, Naile'nin cevap vermesini beklemeden göğe doğru olanca gücüyle bağırmaya başlıyor.

"Kitap yazmışmış! Kendini bulmak içinmiş! Oysa kendini çoktan kaybetmiş! Nursuz, egoist kadın, sevimsiz mendebur. Eskiden de öyleydin. Şimdi beter oldun. Güya hak aramacı, güya adalet sever, buldumcuk, had bildirme kumkuması!

Duyun millet duyun! Suçu yaşlılıkta arar, oysa zerre sevmez kendini! Daha kötüsü bilmez kendini, utanmadan akıl verir, yetmedi!

...

Duyduk duymadık demeyin, peynir ekmek yemeyin, zaten peynir ateş pahası bir lüks tüketim, bunun yerine derhal Naile'nin kitabını alın ve okuyun! Üstün yeteneği karşısında hayranlığınızı ifade edin! Satışlarını katlayın. Kitabı baskı üzerine baskı yaparken saçsız başı arşa koca götü yere, olabildiğince değsin. Kendini bir bok zannetmenin doruklarını yaşasın zavallı...

Zavallı Naile!"

Market

Uzun kasa kuyruğu, en başında yaşlıca kadın. Beyaz olması gereken saçları siyah ve seyrelen kısımları tel tel savrulmuş. Trençkotunun kapattığı göbek bölgesi tombikçe. Ayaklarının çıkıntıları topuksuz ayakkabılarının yanlarını bir hayli deforme etmiş. Elleri, kolları yavaş hareket etse de her türlü hakkını kullanmaya hazır, vakur, bilmiş bir duruşta. Gözlerinin altı torba torba, müzmin mutsuzluk yayan yüzünün çerçevesi bir zamanlar sahip olduğu anlamlı girintileri kaybetmiş. Tarihte kalmış evliliğini anlatan pırlanta yüzüğünün bulunduğu eliyle sağı solu işaret ederek kasiyere soru sormakla meşgul.

"Hangileri indirimde?"

...

"Yağın ucuzlamış fiyatı bu mu?"

...

"Her şey öyle tamam da..."

...

"Temaslı benimkisi."

...

"Kartta puan var mıymış?"

...

"Keşke baksaydınız."

...

"Söylemedim, sizin göreviniz diye düşündüm."

...

"Neyse artık bir sonrakine!"

...

"Şifre mi gireyim?"

...

Eli titreyerek şifre giriyor. Arkasında kırklarında bir anne, baba ve on, on bir yaşlarında oğlan çocuğu sakince beklemede. Yaşlı kadın meraklı, üçünü çaktırmadan inceliyor. Adam ve kadın huzursuz, çocuk uslu ve uyumlu. Konuşmak istiyor onlarla. Bir şey soracak ya da söyleyecek. Nereden başlasa? Anne ve oğul konuşuyor:

"Anne, Dahi Messi'yi almayı unuttum."

"Boş ver şimdi vakit yok, bir sonraki gelişimizde alırız."

"O zaman Ronaldo'yu da alırım."

...

Yaşlı kadın eşyalarını pazar arabasına yerleştiriyor ama kulağı onlarda. Anne malzemeleri kayar zemine yerleştiriyor, baba diğer tarafa geçmiş, gelen malzemeleri hızla poşetlere dolduruyor. Cesur alışverişin günahının ödeneceği kutlu an hızla yaklaşmakta. Tedirgin bekleyişin ardındaki soru: Kim bilir hepsi ne kadar tutacak?

"Kusura bakmayın, ancak yerleştiriyorum," diyor yaşlı kadın, çocuğun babasına. Adam çoktan hesabı ödemiş, paketleri eline almış gitmek için karısının bakışlarını arıyor. Fakat yaşlı kadına cevap verilmeli.

"Hiç problem değil," diyor kadına bakmadan ve bunu dert edinmeden. Boş konuşmalara zamanı yok. Onca zamanları varken yaşlılar niye hafta sonu market alışverişine çıkarlar ki? Herkesin işte olduğu zamanlar torbaya mı girdi? Bir de böyle en kalabalık günlerde ellerinde baston, bin bir zorlukla yürüyerek işlek caddelere çıkarlar veya insan kaynayan mekânlarda ortalığı felç ederler ya... bunlara fazlasıyla kıl oluyor. Yaşlılar niye böyle hızlı bir şehirde var olmaya çalışıyorlar ki? Bunu hiç anlayamıyor. Gökyüzüne bakarak dingin bir doğanın ortasında mis gibi yaşamak varken! Aklına karşı komşusu geliyor bir anda gökyüzünü düşününce. Son zamanlarda hayatını zehreden faktörlerin başında gelen karşı komşusu Güzide Hanım'ı. En kötüsü balkonları yan yana.

Kadın üç sene önce bir melekken kocası ölünce bir tür balkon müezzinine dönüştü. Beş vakit; sıcak, soğuk, yağmur, dolu, kar, buz demeden balkona çıkıp gökyüzüne bakarak geçmişe, geleceğe, hükümete, erkeklere, düzene, kadın düşmanlarına, teröre, meclise, partilere, eğitim sistemine, enflasyona, hukuka, hâkime, savcıya, yancıya, gazetelere, kanallara, müteahhide, sayıyor sövüyor, ağza alınmadık küfürler ediyor. Bazen bağırtı iyice koyulaşıyor; erkeklerden giriyor, ataerkil düzenden çıkıyor. Yahu haydi günde bir kere olsa buna bile razı ama günde beş kere sektirmeden ne cumartesi ne pazar ne tatil ne bayram ne cenaze ne doğum günü ne hastalık dinliyor kadın. Bağırıyor da bağırıyor. Uyarınca da çemkiriyor, önüne geleni azarlıyor. Önceleri idare etse de alkol aldığı bir gün nihayet dayanamadı, ismini gizli tutmalarını tembihleyerek kaç senelik komşusunu polise şikâyet etti. O gün bugün kadın daha çok bağırıyor. "Mutsuz yaşlı" hiç çekilmiyor. Bu yüzden "çok yaşlanmadan geberip gitmeli" diyor kendi kendine. Ölüm nihai kurtuluş son kertede. "Hayat gailesi çekilir gibi değilse, elden ayaktan düştüysen, hele de kafayı yediysen hiç düşünme kendi fişini çek," dediği bir bakış açısında artık!

Oğlan bir şey almayı unutmuş geri döndü onu arıyor. Anne oğlunu bekliyor bir türlü kocasına bakmıyor. Adam arabayı kötü park etmiş ceza yemek istemiyor. Üstelik astronomik fiyatlar ödeyerek yeterince gerildi. Bütçe delik deşik. Borçla yaşamaktan başka çarenin olmadığı bir dönemde ayakta kalmaya çalışıyor. O an en çok istediği, evde ayaklarını uzatıp televizyon seyretmek. Belki gevşemek için aldığı rakıdan bir tek atar. Artık içkisiz rahatlayamıyor. Çünkü hayat devamlı sömürüyor, iyi duygular ortaya çıkar çıkmaz hortumlanıyor.

Mesela her iş günü, çalıştırdığı ekibe ayar çekmek, problemlerini çözmek, ona buna laf yetiştirmekle geçiyor zamanı. Bazen nefesi bitiyor, tükeniyor. Trafik desen geberik, hele de hava yağışlıysa. Zaten her yerde inşaat var. Göztepe'de neredeyse her sokak kamyon, beton dökücü, kırıcı ve kepçe dolu. Devasa araçlar daracık sokaklarda santimle ilerliyor, yolda duran araçlar şans eseri sağlam kalıyor. Kentsel dönüşüm canavarı adım adım geziyor, önce insanların hayatlarını eziyor sonra zamanlarını iç ediyor. Ne insanca yürümek ne araba sürmek mümkün. Üstelik herkes araba sahibi, bilen bilmeyen yolda! Hele kadınlar, nasıl da kötü araba kullanıyor. Bütün çirkinlerde -ne hikmetse- en karizma arabalar var. Bazıları o son model ciplerle ha bire kaza yapıyor. Nereden kazanılıyor bu para? Kazayı, sigortayı umursamadan araba süren kadınların arkasında kodaman kocaları var kesin! Kendileri satın almış olsa böyle korkusuz süremezler.

Zenginler iyice semirdi, hadsizleşti. Fakirler ölmeye yattı! Çalışıp insanca yaşamak rüya. Hayat iyice boka sardı. Hep daha fazlasını istiyor çocuktan, ergenden, anneden, babadan ve yaşlıdan! Bunca şeyin ortasında yaşlıları düşünebilmekse neredeyse bir lüks. Yok saymaya mecbur kalınıyor bazen, gelecek hayali içinde onlara ayrılabilecek bir alan yok gibi.

Yaşlı kadınsa bağ kurma peşinde. Uzak diyarlarda yaşayan hayal meyal çocuklarının onun hayatına katkısı yok çünkü. Güvenli hayatlar kurmak için göç eden okumuş evlatların atalarıyla bağı filan kalmadı, geçmiş olsun.

Bu yaşlı garip de kendince hayatın sevilebilir, hâlâ değer katılabilir küçük anlarına hasret. Yanına, yöresine bir ses bir nefes arıyor, kim bilir?

Babasından ilgi görmeyince çocuğun annesine dönüyor: "Her şey aşırı pahalı!"

Bu söylemle rahatça yürüyebilir.

"Öyle."

"Hiç kimse bizi düşünmüyor!"

Çocuğun annesi bu kez cevap vermiyor, konuşma üresin istemiyor, bakışları donuk, sadece kafa sallıyor. Kocasının acelesini uzaktan fark ediyor ama oğlan son anda bir şey bakmaya gitti onu bekliyor. Onun da kafasında bin bir düşünce ve uzun bir yapılacaklar listesi var: İş, güç, ev, çocuk, mutfak, okul, sağlık, temizlik, borçlar... üstüne üstüne geliyor. Boyası geldi hâlâ saçını yaptıramadı. Bu ay çok açıldılar masraflara yetişmek mümkün değil!

Eve gidip alınanları yerleştirecek sonra yemek yapacak, oğlanın ödevleri var daha. Pazar günlerini sevmiyor. Pazartesi oğlanı okula bırakıp işe gidince daha iyi hissediyor. En azından biri önüne çay getiriyor.

Yaşlı kadın istediği ilgiyi göremedi. Çocuk geri geliyor anne sabırsızca hadiliyor, "Hadi baban bekliyor, hadi!"

Yaşlı kadın bir anda hatırlıyor oğlan demin annesinden bir şey istemişti ama ne?

"Oğlum neyi almayı unuttun sen demin?"

Çocuk şaşkın, "Şey, kitap, sporcunun hayatı..." Tanımadığı yaşlı bir kadın tarafından önemsenmeye anlam veremiyor.

Annesi, "Biriktiriyor da... poster filan," diyor. Ne gereksiz diyalog. Hızla kapıya yöneliyor. Yaşlı kadın bir anda karar veriyor. Bir iki adım atıyor onlara doğru ve sesleniyor, "Ben alacağım oğluma kitabını," diyor.

Kadın da çocuk da şaşkın.

Annesi "Hiç gerek yok."

"Hayır, hayır ben bir babaanne bir anneanne olarak torunuma kitap almak istiyorum."

Kendisinin torunu yok mu? Benim de torunlarım var demediğine göre yok demek ki.

Adam elinde ağır poşetler, karısına sabırsızca işaret ediyor önünde durduğu için devamlı açılıp kapanan market kapısından. Kadın gözlerini belerterek başıyla yaşlı kadını işaret ediyor. Oğlan ne olduğunu anlamamış bakınmakta.

"Gerçekten gerek yok, şu an acelemiz var," diyor kadın. Asabi bir nezaketle hayır demeye çalışıyor.

Yaşlı kadın direniyor: "Hayır, ben almak istiyorum o kitabı hadi koş bakiyim içeri."

Çocuk annesine bakıyor. Kadın sıkıntıyla iç çekiyor. Evet dese anlamsız hayır dese saygısızlık.

Kadın kocasına kafasıyla git işareti yapıp dudaklarını ısırıyor. Annesinin elini tutan çocuk bırakılsa gidecek ama annesi bırakmıyor, bir şeyi bekliyor.

"Kim bu sporcu? Hangi sporu yapıyor evladım?"

"Futbolcu," diyor çocuk. Yaşlı kadın art arda sorular soruyor. Çocuk tutuk cevaplar veriyor.

"Hadi git al da gel madem," diyor yaşlı kadın çocuğa.

Çocuk tanımadığı birinin onun için kitap almasını hâlâ anlayamıyor. Annesi niye böyle sinirli? Üstelik kolundan sıkı sıkı tutuyor. Niye bekliyorlar? Alınmasını istemiyorsa annesi niye açık açık, almayın biz gidiyoruz demiyor?

"Bakın gerçekten gerek yok zaten acelemiz var," diyor kadın dişlerini sıkarak.

"Ama olmaz ki içimden geldi ben alacağım bir koşu kapsın gelsin," diyor yaşlı kadın.

Kasiyer bir süredir onları izliyor. Belki de önceden tanıyor kadını, zaten olaya kulak misafiri oldu. Bir çözüm lazım. Yaşlı kadına sesleniyor.

"Ben içeriden getirteyim isterseniz beklemeyin."

"Aaa... çok iyi olur, hangisini istiyor ki? Hangisini istiyorsun evladım?"

Çocuk, annesinin gergin suratına bakıp "Dahi Messi," diyor zorla. Annenin telefonu çalıyor kocası gelmeleri gerektiğini haykırıyor, çok bekledi arabayı kapı önünde tutamaz.

Kasiyer birine telefon ediyor, "Tamam getirecekler şimdi," diyor.

Anne ne yapsa bu cendereden kurtulsa bilemiyor, çocuğu kendine çekmiş mırıldanıyor sadece.

"Ne gerek var, gerçekten gitmemiz lazım, hiç gerek yok!"

"Olsun içimden geldi!" diyor yaşlı kadın.

Aksi gibi gelmesi gereken bir türlü gelmiyor.

Yaşlı kadın, annenin belirginleşen acelesi karşısında "Nerede yeri kitapların söyleyin ben bakayım," diyor kasiyere.

"Kasiyer iki üç blok ötesini işaret ediyor. Yaşlı kadın sapından tuttuğu pazar çantasını yavaşça sürüyerek işaret edilen raflara doğru yöneliyor.

Baba market kapısında beliriyor, kızgın gözleriyle iki elini açarak kocaman sesiyle: "Çabuk gelin!" diyor.

Kadın çocuğu hışımla kendine çekiyor ve marketten kaçarcasına çıkıyorlar. Çocuk arkasını dönüp raflara doğru ilerleyen yaşlı kadına gözünün ucuyla bakmak istiyor ama bakamıyor.

Ayaklar

Küçük bir çocukken başladı merakım. Kendi vücuduma ve uzantılarıma ilgim her nasılsa başkalarına doğru kaydı. Hayatta her şeyin bir anlamı, sahip olduğumuz her şeyin başta bedenimiz olmak üzere söylediği bir sözü olmalıydı. Ya bir şeyleri beklediği ya da bir şeyleri yaşadığı için. Bu ya gelecek ya da geçmişin iziydi. Bence ayaklar her ikisini birden söylüyordu.

Yüz, kol, el, gövde, boy, pos bir tür yüzeydi ve başkaları içindi. Ayaklarsa insanın en "görünen" özeliydi. Ne zaman çıplak ayak görsem suçluluk duyduğum merakım yüzünden alenen bakmaya utanırdım. Çekincesiz bakmak için izin almaktansa, çaktırmadan bakmayı tercih eder, mahrem bir tatminin, sadece benim farkında olduğumu sandığım bir hazzın peşinde koşar dururdum. Ayaklara gösterdiğim abartılı ilgiyle, insanların dili-sözü, eli-kolu, yüzü-bakışlarıyla anlat(a)madıkları için keşfe çıkar; sahiplerini sinsice deşifre etmeye çalışırdım.

Ayaklar ne söylerdi? Cevaplar ilk başlarda silik ve soluktu. Nitekim deneyime ihtiyacım vardı. Farkına vardığım ilk gerçeklik, insan vücudunda kimi zaman en kaba, en beklenmedik, en ilginç ve aslında -bence- en farklı dile sahip olmalarıydı. Gözler, kaşlar, dudaklar ve eller anlaşılır şeylerden bahsederken ayaklar bilinmezlik ve tahmin edilemezlik nesneleriydi. Genelde kaba, bağımsız hatta vahşi bir varoluşları vardı. Bunlar çeşit çeşit farklılıklar içeriyordu. Farklılıklar henüz bilmediğim birçok şey hakkında üstü örtülü gerçeklikleri, olasılıkları ortaya seriyor, çocuk aklımla kavrayamadığım cinlikleri, sevgileri, nefretleri, iyilikleri, kötülükleri, yetenekleri, beceriksizlikleri, fenalıkları, aydınlıkları ve karanlıkları anlatıyordu. Bu uzuvla ilgili karşı koyamadığım takıntım, isimsiz hissiyatların uçuştuğu minik evrenimin en yabani meselesiydi. Merakımı herkesten gizli tutmaya çalışıyordum, çünkü başkalarının ayaklarına bakmak, incelemek, yorumlamak gibi bir hobi türü yoktu ya da henüz ben daha fazlasını bilmiyordum.

Yaz mevsimi keşif için idealdi. Açık ayakkabılardan ve terliklerden gözüken parmaklara, parmakların ve tırnakların şekline, uzunluğuna, rengine; çeşitli çıkıntı ve kavislerine gözlerimi diker, ayaklarıyla sahiplerinin davranışları arasında bağ kurmak için rotası sadece bana ait yolculuklara çıkardım.

Bir denklem oluşturmak zordu çünkü detaylar zebildi. İkinci parmağın başparmaktan uzun olup olmadığı, en küçük parmağın durumu, bu parmağın tırnağı, tırnağın büyüklüğü -bazen varla yok arasında olabilirdi; tırnakların yayvanlığı, kalınlığı, uçlarının ve yanlarının şekli: açık-kapalı-ete gömülü-bombeli oluşları; tırnak yatağının darlığı-genişliği; ayağın parmaklarla birlikte boyu-eni-tarağı, parmakların aynı hizada mı sıralandığı yoksa ayrı tellerden mi çaldığı; topuğun belirginliği-belirsizliği, ayağın bastığı zeminle arasındaki ilişkinin şekli: düz mü-kavisli mi, ayağın -varsa- üstündeki kubbemsi doku, ayak ve bileğin buluşma şekli; ayakların basma yönü dışarı-içeri, parmakların ayağa oranla uzunluğu, başparmağın tombik-yassı-kübik-dolgun-şekilsiz oluşu.

Beğendiğim ayaklara bakarken tuhaf bir haz ve hayranlıkla sahibini mercek altına alır, beğenmediklerim içinse acıma ve tiksinti karışımı duygularla bilgi toplamaya çalışırdım.

Bilhassa en büyük parmak en belirgin özellikleri haykırırdı. Sahibinin önce yüzüne sonra parmağına bakarak isimsiz sıfatların peşinde koşardım. Büyüdükçe çağrışımlar ve nitelemelerim değişti. Karşımdakiyle aramda hissettiğim güç ilişkisine göre; bazen saklı bazen aleni, bazen çekinceli bazen fütursuz fakat çoğunlukla büyük bir iştahın emrinde gerçekleşen seyir ve analizlerim, zaman içinde kendi çapında gelişti ve dönüştü.

Örneğin cemali kavruk, keskin hatlı, kemerli burna ve/veya ince burun kanatlarına sahip, kulak çevresi ve kıkırdak yapısı zayıf, kulak memesi narin sayılabilecek hacim ve ebatta hatta etsiz ve belki yukarı veya aşağı doğru kısmen sivrice, yanakları çukur, bakışları keskin, kaşları kısmen çekik, belki çatık hatlara sahip bir kişiye ait ayağın;

bütün resme tezat minvalde tombik, pofuduk, tatlı bir yumuklukta olabileceğini; öte yandan güler yüzlü, sevimli, tontiş sıfatına layık, dolgun yanaklı, ışıldayan bakışlı, sık ve uzun kirpikli bir nur yüzlünün ayaklarının, bütün diğer güzel hasletlerinin inadına bir kuşun pençesi gibi meşinimsi, damarlı, boğumlu, kemikli surette ve pençemsi tırnaklarının olabileceğini; kimi çirkin-meymenetsiz, hatta mendebur suratlı insan evladına ait (Allah affetsin) ayaklarınsa; karada yürüyen iki bacaklı bir siluetten ziyade denizde yüzen bir sirenin suları zarifçe yaran kuyruğu misali salınırken, zahmetsiz devinimiyle fark edilen kıvrımlarının neredeyse kemiksiz izlenimi vermesi muhtemeldi.

Ve bazı ayakların yan tarafından fırlayan irili ufaklı kemiklerin, ait olduğu bedenin bebeksi veya anjelik ifadeli kellesini yalanladığı; kimi üçgenimsi ve sivri çeneli yüz sahiplerinin geçimli bakışları ve uyumlu tavırlarına nispet yaparcasına sandviç burunlu ayakkabılarını sabote ettiği ve ziyadesiyle yamulttuğu da vakiydi ve her nasılsa halluks valgus kemikleri fırlak kadınların ve erkeklerin çocuklukları fırtınalı geçmişti ve bu mücadele bir tür kendini bulma, keşfetme ve hatalar yaparak öğrenmeye dairdi; zira eli kalem tutsa da tutmasa da kemikli ayak sahipleri her halükarda çetin cevizdi. Onlar hayatta bir şeyleri atlatmak, aşmak ve üstesinden gelmek için sıradan olmayan yollardan gitmek zorunda kalmış ve epeyce örselenmişlerdi.

Öte yandan boylu poslu insan irisi erkek ve kadınlarda, adeta azametli varlıklarından utanırcasına nasıl da küçümen, mütenasip uzuvların var olabildiğini ve bu uzantıların; kozmik bir şaka gibi, anne rahminde hasbelkader bir mozaikten olageldiği, işte tam da bu yüzden taşıdıkları bedene uygun olmadıklarının bilincinde, dünyada daha az yer kaplamaya yönelik bir nevi kompleks ve/ veya vesvese eşliğindeki gönülsüzlüklerini, boyutlarıyla ilan ettiklerini, düşünmekten kendimi alamıyordum.

Her şeyin birbiriyle beklenmedik bir uyumda olduğu; duruş, bakış, yüz, el, beden ve ayaklar harmonisinin büyülü bir denge ve keyifle evrene salındığı; bunu görenin dayanamayıp "özenilmiş de yaratılmış" diyeceği şahane bütünlükten inanılmaz kötü -kötü demek haksızlık olsa da- belki cırtlak, ihtiyarımsı, kısık ve kim bilir telleri mesken edinmiş pespaye bir nodülden ötürü pütürlü, çatlak ve iğneli denebilecek bir sesin, yarattığı hayal kırıklığına aldırmadan yükselmesi de mümkündü. Bu durumda ayakların üzerine bolca bal dökülüp yalanması hayali kurulurken, bu fırsatın değerlendirilmesi için sahibinin asla ve kat'a konuşmaması şarttı. İşin en sürprizli yanı ise sesi böyle çatallı olanların doğuştan getirdikleri bazı sanatsal yeteneklerdi. Bu türlerde dünyayı farklı bir hissiyatla algılayan cânım ayakların yerden alıp da yukarıya gönderdiği o şahane enerji ya boğaz bölgesine yetişemeden kalakalıyor ya da kimi zaman ellere kimi zaman kulaklara kimi zaman da beynin hayal kuran bölgeciğine aşırı yüklenip boğaz kısmını ayazda bırakabiliyordu. Velhasıl yerden ayaklar vesilesiyle yukarı yükselen enerjinin rahatça aktığı ve/veya esirgendiği bölgeler insanın meşreplerini, yeteneklerini, acizliklerini işaret ediyordu. Enerjinin, bedenin her zerresine cömertçe salındığı durumlardaysa ortaya bir çeşit müzik, resim, edebiyat, ilim-bilim âlimi zuhur edebiliyor; ayaklarsa yerin ona ikram ettiğinden istihkakını fazlasıyla almanın gururunu yaşıyordu.

Büyük ve ulvi bir nefesin çeşit çeşit akışa, bakışa ve duruşa bölünerek deneyimine deneyim kattığı beşeri sahnede insan oğul ve kızının yerküreyle en güçlü ve sürdürülebilir bağının öznesi ayaklardı. Ona aşağıdan yukarı ve yukarıdan aşağıya akan enerjinin kaynağıysa; yerin ve göğün matematiği arasında bilinemez, tahmin edilemez, akıl-sır erdirilemez, taklit edilemez, olsa olsa tesadüf tanımına sığdırılabilir türlü fikir ve zikir silsilesinin binlerce yıllık genetiğinin tam da o anda o tohumun o yumurta tarafından seçilmesi döngüsüydü. Böylece envainin fevkinde bir kombinasyon ve permütasyona tabi milyonlarca değişik alamet tam da "o bedende ve o ayakta" tezahür ediyordu.

Eh ne de olsa her insan farklı bir yeteneği sergilemek ve deneyimlemek için dünyaya geliyordu. Bu gelişi hazırlayan ne çok yol ne çok olasılık ne çok karşılaşma ne yoğun değişken vardı. Mucizevî döngünün nihayetinde yaratılan, ortaya çıkan her şeyin bir anlamının ya da deşifre edilmek için bekleyen sırlarının olması kadar doğal ne olabilirdi?

Fakat atlamamam gereken bir konu var ki o da zamanın ve evrenin "zahire" öngördüğü sınırlar... Dünyevi yaşamın; kültür, coğrafya, alışkanlık, sosyal sınıf vb. yarattığı ve dayattığı koşulların ayaklar üzerindeki fiziki etkisi göz ardı edilemez.

Mesela yeri göğü titreten davudi sesli, hoş bakışlı, yakışıklı bir adamın ya da dünya güzeli bülbül sesli, yuvarlak hatlı, ilikten hallice bir hurinin; belki de çocuklukları sırasında küçük gelen ayakkabılar giymek zorunda kalmaları yüzünden bu sınırlar içinde semirmeye mahkûm bırakılarak dar alanda kök zencefil gibi yamrıyumrulaşan ve işbu imkânsızlıklar hasebiyle zaten sistemlerinde tohumu atılmış istenmeyen çıkıntıların büyümeye davet edildiği ve bu nedenle zamanla eğrilik büğrülük şahikası haline gelen ibretlik ayaklarının; onları kazara görenleri travmaya sevk etmesi pek olasıydı. Bu tür girintisi çıkıntısı bol, haritadan hallice ayakları, parmak arası terlikle görmekse -maazallah- hiç arzulanası değildi fakat kahrolsun şu özenme-tecrübe etme-tüketme-benim neyim eksik deme belası! O parmak arası şık şıpıdıklar için, içi tereyağı gibi eriyen bazı "eğrigiller" nefislerine nasıl engel olsundu?

Her şekilde kocaman bir cesaret lazımdı! Ya giymeye ya da arzuyu içine, derinde bir yere gömmeye cesaret -aslında üçüncü bir cesaret daha vardı ama o işin en kanlı kısmıydı! Ve ilginçtir benim göze aldığım bir yol olacaktı.

Oysa parmak arası terlik ya da ayakkabı giymek için yaratılmış bazı güzelim ayaklıların, bedenlerinden daha büyük kafalara ve buna eşlik edebilen koca kanca burunlara, bulldog yanaklara, fırlak dişlere, öne doğru uzanmış alt çenelere, bedene oranla kıpkısa ya da upuzun kollara, götten bacaklara, yayvan, iki taraftan sarkan yanaklı ya da yok denecek denli yassı popişlere, dev memelere; leke, yara ve nadiren irin dolu ciltlere, ezcümle istenmeyen çeşit çeşit özelliğe sahip olması da muhtemeldi. İlginçtir bu orantısız, beğenilmeyen genetik miras ve altın oranı hiçe sayan ölçüler, insanların adil kalpli, davranışlarında ölçülü ve erdemli olmasına asla ama asla engel değildi. Ayrıca ve daha mühimi istenmeyen veya beğenilmeyen bu sıra dışı fiziksel meydan okuyuşlar aslında gizli iyiliklerin ve bazı sıra dışı akli melekelerin "nazar boncuklu" müjdecileriydi. Oysa ne şahane niteliklere sahip olup da kalbi de beyni de ölçüden, erdemden, akıldan ve iyilikten nasibini almamışlar vardı.

Tırnaklarsa ayakların ruhuydu. Bu ruh genel kemik yapısına benzer özellikler taşırdı. Örneğin kalın kemikli bir zatın tırnak yapısı da kuvvetle muhtemel güçlüydü, ince yapılı bir kadında toynak benzeri tırnak nadiren oluşurdu. Eh temasın kalitesini de es geçmemeli zira tırnakların sağlığı giyilen ayakkabı ve ayak hijyeniyle doğru orantılıydı. Mesela ayak tırnaklarının suyla veyahut sıhhatsiz ayakkabı malzemesiyle fazla teması ve havasızlık gibi olumsuz fiziki koşullarla kalınlaşıp pul pul döküldüğü, hatta pullaşan katmanların kemikleşerek solup sarardığı, şeklini şemalini külliyen kaybettiği (mantar); hatta bazen enine genişleyen tırnağın parmak etini her iki yandan mengene gibi kavradığı ve acıttığı, batık acısından kurtulup yürüme konforuna yeniden kavuşmak adına kenarlarının kesilerek çare aranmasının da fayda etmediği zira çarenin aynı anda tırnak yatağını daralttığı ve zaman içinde olması gerekenin ancak dörtte biri ebadında sözde bir tırnakçığın zuhur ettiği; bu garibin arzı endamınınsa açık ayakkabılarda estetik açıdan iyi olmayacağı aşikârdı.

Böylelikle mümkünse önü kapalı ayakkabılar tercih edilmesi gerekirken, görüntünün çevreye verdiği rahatsızlığı zerre umursamayan ayakkabı severin, dekolte tutkusunu tatmin etmek adına görenleri "kazulet" ötesi bir tabloya mahkum etmesi evlere şenlikti. Giyilen som altın olsa içindekini parlatmaya cürmü yetmezken; durumun vahametini dert etmeden ortaya çıkan insan evladına gösterilen tepkiyse gıptadan ziyade mesnetsiz bir medeni cesarete gösterilen hayretti. Bu hayrete razı ayak sahibinin memnuniyetiyse gerçek anlamda bir tatminden ziyade, normalde çekemediği sıra dışı ilgiye mazhar olmanın acınası avuntusuydu. Durumdan en zararlı çıkanlarsa benim gibiler olup hafızalarına "çıkmamacasına" nakşolan görüntülerden, kendilerini koruyamayan zavallılardı.

Diğer yanda parmaklarının ucunu neredeyse bir örtü gibi kaplayan tırnak demeye bin şahit isteyen kemiksileri, zımpara misali törpüleyerek ziyadesiyle incelten, üstüne bir de ucunu üçgenvari törpüleyen ve kırmızı renkli oje kondurarak, gürbüz kaputta femme fatale çağrışımlar yaratmaya çalışan oysa maskülen tabiatıyla yapabileceği en iyi şeyin oturduğu yerden değme silaha taş çıkaran tırnak ucunu düşmanının boynuna uzatarak şah damarına dayamak veya "Karate Kit" filminin en fiyakalı darbesini taklit ederek afili bir ayak devinimiyle havada takla atarak savurduğu sivri tekmeyle düşmanını yere sermek mümkünken; insan evladının bütün bunlar yerine mezkûr mahlûkatı önü açık, yüksek topuklu ve çocuk mezarı boyutunda "güya" seksi bir pabuca hapsedip eller havaya modunda bir varoluşa mecbur etmesi de olasılıklar arasındaydı.

Başka bir minvalde ise birbirine bitişik veya ayrık parmaklı olmak üzere iki farklı ayak cinsi vardı. Bitişik parmaklılar; arka arkaya doğmuş isimleri kafiyeli, birbiriyle iyi geçimli, yaşları yakın kardeşleri anımsatırken; ayrık parmaklılar her birinin aklı başka havada, ne isimleri ne cisimleri ne de kaderleri birbirine benzeyen, beş yana dağılmış çocuklar gibiydi. Hatta bazılarında başparmakla ikinci parmak arası öylesine genişti ki bu görüntü, şeffaf bir parmak arası terlik giyildiği izlenimi bile verebilirdi. Bu ayrık parmaklı zatların, parmakları bitişik nizam olanlara göre havai, aklına geldiği gibi davranan, plansız, programsız ve disiplini düşük meşrepte olması olasıydı. Fakat doğal, yaratıcı, yardımsever ve çocuk ruhlu olmaları da pek muhtemeldi. Dağınık naturaları onların bir saat içinde aynı konu hakkında beş değişik karar verebilme potansiyelini gösteriyordu.

Ah bir de o ayaklar -tıpkı bir ördek gibi- olması gerekenden daha fazla dışa açıksa, kişinin motivasyonunu dış etkenlerin belirlediği ve aslında her türlü etkilenmeye fazlasıyla açık olduğu anlaşılmalıydı. Öte yandan ayakları içe doğru basanlar olaylar hakkında kendi fikir ve hayat önceliklerine önem veren, tuhaftır ceplerinde akrep besleyen, maddiyatı önemseyen varlıklardı. Enerjilerini kendilerine saklamayı ve sinsice hareket etmeyi sevmeleri de kuvvetle muhtemeldi.

Söylemeden olmaz, ikinci parmağı başparmaktan daha uzun olanlar ne kadar munis ne kadar uyumlu hal ve tavır sergileseler de eşlerine, çocuklarına, kardeşlerine veya yakınlarına hâkimiyet kurmayı seven, bunu duruma göre bazen hissettirmeden ya da koşullar müsaitse alenen yapmaktan çekinmeyen, ancak ipin diğer tarafında kendilerine benzeyen bir cambaz varsa, ustalıkla gizlenen, niyetini açık etmeden idare-i maslahatı beceren, aslında ben bilirimci, kimi zaman ben yaptım olducu, bazen de *inadım inat, inat da bir murat* diyebilenlerdi. Bu tavır bazen doğru bildiklerini sonuna kadar savunan ve fedakârlıktan kaçınmayan bünyelerde yeşermekle beraber narsisist bünyelerde de boy gösterebilirdi.

Ve ahhhh.... bir de el mi yoksa ayak mı olduğu belli olmayanlar vardı ki! Onları kazara görmek bir mucize, nadir yaşanan bir tecrübeydi. Hani böyle başparmakla ikinci ayak parmağı arasına bir kalem sıkıştırsa, altına bir kâğıt alsa hayalinden taşan bir öyküyü neredeyse bir elin gösterebileceği maharetle yazmaya başlayacak şanslı insan türüne ait nadide varlıklar karşısında gözlerim bakma arzusuyla kamaşırdı.

Onlar, mecburen ayak olmak zorunda kalmış elimsilerdi! Orta kalınlıktaki tırnaklarının, hafif lalemsi çıkıntılarla yataklarında salındığı narinceler, en şiirsel olanlardı. Bu türle yoğun olarak nişan, düğün salonlarında, bazen de plajlarda karşılaşırdım. Üstlerinde şık bir elbiseyle rastlanabilen çoğu iyi huylu sahipleri, yüksekliği mütenasip, önü açık ayakkabılar içinde sergiledikleri mücevherleri sayesinde nasıl bir piyangoya sahip olduklarından bihaber, hayatlarına sıradan insanlar gibi devam ederlerdi. Bu kişilerin kendilerine doğuştan bahşedilmiş bir yeteneği kullanamadan hatta farkına bile varamadan hayatlarını tamamlamaları acı da olsa mümkündü. Nihayetinde bedeni güzelliklerin ne anlama geldiğini, yani maddenin manasını bilmek, izini okumak ve keşfetmek sık rastlanan bir olgu değildi.

Eh şimdi uzak ama yakınlardan geldiğini hissettiğim birkaç soruya cevap vermeli: İlki, "Neydi bu piyango?" Cevap; elimsiler dünya üzerinde büyük mücadeleler vermeden ayakta durabilme kudretinin bedenlerdeki "gizli- saklı" imiydi. Hayat, öyle ya da böyle bir şekilde büyük mücadeleler yaşatmadan sahibinin ağzına gümüş kaşık verebilirdi ya da zaten vermişti. Nefes almak ve aradığına kavuşmak için ihtiyaç duydukları her neyse, "tırmalamadan" çoğunun önüne gelecekti. Eh bunlar hem kadın hem de erkek cinsine özgüydü ve "genelde" kişilikleri, ayaklarının yere basma bilgeliğiyle müsemmaydı. Ayrıca hangi konuya azimle ve sevgiyle el atarlarsa başarılı olabilirlerdi.

İkinci soruysa; bu narinceler, sosyal sınıftan bağımsız olarak örneğin kenar mahallede yaşayan bir kişinin ancak basit plastik terliğinin içinde de mevcudiyet gösteremez miydi? Kuşkusuz evet fakat benim gibilerin (aslında benim gibi olmayanların da) metruk yerlerde gözlem için ayak avına çıkması, haydi çıktı diyelim rast gelmesi ya da görmek için beklemesi ve yeni tespitler yapması zordu. Kaldı ki tesadüf eseri karşılaşmalar sırasında yaptığım kaçamak dikizler yerine tamamen hedefe yönelik gözlem yapma fırsatının sosyal münasebet açısından her zaman oluru da yoktu.

Kişisel araştırmalarım; kapsamlı bir organizasyon, yasal ve kabul edilebilir kurallar eşliğinde gönüllü katılımcılarla yapılmadığı sürece vaka vaka ilerlemeye mecburdu. Bendenizin naçiz iz okuma becerisi, münferit vakaların zihnimde istiflene istiflenc bir tür sezgi haline dönüşmesi sonucu oluşan öznel tespitlerden ibaretti.

Bütün bu lafügüzafın istatistiki açıdan geçerlilik ve güvenirliğinin risk altında olduğunu bilmekle beraber; arkasındaki niyetimin ve çabamın saflığını nasıl temin edeceğimi bilmiyorum fakat bütün değerlendirmelerin birer saha çalışması olarak dikkate alınmasının makul olacağı kanaatindeyim.

Bulgularıma ister katılın ister katılmayın, hayatımın önemli bir parçası olan bu gözlemlerde şeytanın kulaklara fısıldadıklarına henüz gelmediğimi belirtmem gerek. Çünkü Pandora'nın ayakkabı kutusunda ayaklarla ilgili hangi gizli duyguların var olduğu ayrı bir inceleme konusu ve ziyadesiyle geniş bir alan. Bu da gözlemi cinsellikle bağdaştıran fetişistlerin alanı. Mütecessis nefsimin örnek vermeye cüretlendirdiği tam da bu noktada bir masum açıklama yapmadan geçemeyeceğim: Favorim olduğundan bahsettiğim elimsi varlıkla, çirkinlik numunesi bir ayak arasında hissedilen seksüalite nüansının altını çizmek veya göstermek benim ne öncelikli ne de ikincil amacım.

Oysa fetişistler için o nadide incilerin 15 puntoluk stiletto bir ayakkabıda kan kırmızı ojeler ve taban kavisini gösterir bir dekolteyle süzülmesi görsel bir şölen olduğu kadar, konuyla alakası olmayanların tahmin edemeyeceği düzeyde erotik hissiyatları körükleyen bir arzu numunesi.

Ayak severliğin ve onu cinselliğin objesi olarak görmenin, bir çeşit tercih olduğu, ayağa bakarak-yalayarak tatmine ulaşan insanların yaygın olduğu, bunun da bazen çocukluk döneminde yaşanan travmatik durumlardan kaynaklandığını duysam da benim niyetim bu minvalde bir araştırma yapmak ve sonuçlarını paylaşmak değil.

Ayrıca amacım hiçbir ayağın var oluş şeklindeki kusuru bularak kıyas yapmaya yönelik de değil. Fakat düalite üstüne kurulu yaşamımız bizi bitmek tükenmek bilmez karşılaştırmalara gark eder. Sonuçta varlığımızı anlama ve anlamlandırma çabası hem maddeyi hem de manayı birlikte değerlendirme, inceleme ve derinden kavramayı gerektirir.

Bütün bu uzun ve zahmetli lafların sonunda tamamen ruhani bir sonucu paylaşmak istediğimi belirtmemde fayda var. İnsana dair o kadar çok bilinmeyen var ki! Bedenlerin fısıldadığı onca ipucuna rağmen...

Okuduklarınız, kendi ayaklarını sevmeyen ve beğenmeyen birine aitti. Aynaya baktığında insanın kendini beğenmemesi genetik mirasıyla ilgili olabiliyor. Bunun son tahlilde ailemize duyduğumuz sevgi, sempati ve empatiyle de bağı var.

Annemden genetik olarak miras aldığım halluks valgus kemiklerimi aldırdığımda artık annesine değil babasına benzeyen bir insana dönüşmek, itiraf etmeliyim ki benlik bilincim açısından zorlu bir meydan okuma oldu.

Evet, güzelim ayakkabılarımın köşeciğini acımasızca işgal eden Bermuda şeytan üçgenleri artık yoktu. Ayakkabı bulmakta zorlanmak tarihe karışmıştı ve parmak arası terlik giymek için engel kalmamıştı. Kemiksiz ayaklarıma bakıp bu cesareti nasıl bulduğuma uzun süre şaşırdım.

Evet, kemikler her günün sonunda ağrıyordu, evet her ayakkabıyı deforme ediyordu, evet rahat bir ayakkabı bulmak ölümdü, evet görenlerin gözü takılıyordu, evet plajda utandırıyordu, evet uzun yürüyüşlerden sonra kızarıp tahriş oluyordu. Evet... evet... evet! Bütün bu evetler yüzünden çirkinlik, fazlalık ve engel olarak gördüğüm beni ben yapan parçalarımı bile isteye yok ettim. Ve bu radikal kararla birlikte bir bakıma geçmişimi sildim.

İlginçtir kemikler bir daha çıkmamak üzere alınmasına rağmen, uzun süre onları her zamanki yerlerinde hissetmeye devam ettim. Onlar sadece fiziksel olarak kaybolmuştu oysa varlıkları birer gölge gibi beni takip ediyordu. İşin kötü yanı kendimi bir başkası, itiraf ediyorum asla benzemek istemediğim babam gibi hissetmemdi.

Ayakları ödünç bir başka ben olmuştum!

Ve bu ödünç benlikle birlikte dünyayı algılama şeklim değişti. Kemiklerle beraber çektiğim fiziksel acılar beni bırakırken yanına meşhur ayak merakım da katıldı, ikisi birlikte beni terk etti! Meğer sahip olduğum çifte eğrilik, beni gözlemci ve keşifçi yapan temel nüveymiş.

Ne öğrendim? İnsan acıdan kaçıyor. Kaçtıkça daha çok yakalanıyor. Onunla yaşamanın zor olduğunu düşünüyor. Oysa acısız bir hayatta sürdürülebilir "özgünlük ve kendilik" mümkün değil.

Bunu öğrenmek için dönülmez yollara girmemeli; acılara, sivriliklere sahip çıkmalı, onları oldukları gibi kabul etmeli ve çöpe atmamalı! Milyonlarca yılın ve milyonda bir olasılıkların bize sunduğuna saygı duymalı. Sevenleri ayırmamalı!

Belgin A.